El caballero alfa

Renee Rose

Traducido por
Vanesa Venditti

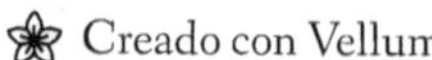 Creado con Vellum

Sin título

El caballero alfa (Secundaria Wolf Ridge, Libro 2)

ELLA TENDRÁ UN NOVIO FALSO: *YO*. ASÍ LO QUE QUIERA O NO.

La ladrona de coches de piernas largas es un gran problema.

Mi hermano cayó por ella.

Necesito encontrarla antes que la policía,

lo que significa que no la dejaré alejarse de mi vista.

Adonde vaya la humana, iré yo.

Haré de su novio falso.

Dormiré en su habitación.

Iré a sus clases de secundaria.

La llevaré al baile de bienvenida.

Descubriré todos sus secretos, me enteraré de todos sus juegos.

Para cuando termine con ella, se arrepentirá.

Se arrepentirá de haber entrado a nuestro taller.

Se arrepentirá de engañarme.

Se arrepentirá de haberme conocido.

ACLARACIÓN: Este romance individual es un libro para adultos jóvenes con personajes mayores de dieciocho.

Libro Gratis de Renee Rose

Quiere un libro gratis de Renee Rose? Suscríbete a mi newsletter para recibir **_Padre de la mafia_** y otro contenido especialmente bonificado y noticias de nuevos. https://BookHip.com/NCVKLK

Prólogo

El día en que todo se va a la mierda, no te despiertas pensando, *Hoy cambiará toda mi vida.*

No fue así el día en que dos soldados llegaron a mi puerta cuando tenía ocho para darle la noticia a mi mamá de que habían derribado el helicóptero de papá en Yemen. Y tampoco fue así hoy.

Hoy fue como cualquier día. Me desperté, me duché, fui al colegio, me quedé a la práctica de fútbol, igual que siempre.

Nunca esperé el rechinar de llantas cuando el alguacil Gleason frenó en el estacionamiento junto a la cancha. No me imaginé que caminaría con las manos en las caderas como si estuviera a punto de arrestar a uno de nosotros.

El entrenador Jamison trotó para encontrarse con él en el borde, su cuerpo rígido y alerta.

Y luego ambos giraron la cabeza y me miraron.

—¡Fenton! —Resuena la voz del entrenador. Su autoridad de lobo alfa me recorre hasta las zapatillas.

Mierda.

¿Qué hice?

Me quito el casco y me acerco como si me molestara la interrupción, pero sólo es mi lobo preparándose para enfrentar lo que percibe como un peligro. No hay *huida* en *pelea o huye* para un alfa macho, sobre todo no para un lobo adolescente que no siempre controla su agresividad.

—Entra al coche, —me dice el alguacil Gleason de mala manera.

—¿Por qué? —Exijo saber.

La mano del entrenador baja sobre mi nuca, sobre mis hombreras. Sus dedos se tensan como advertencia. Si fuera cualquier otra persona, ya estaría encima suyo, pero el entrenador es como un dios para nosotros. Una mejor figura paterna de la que tenemos la mayoría y siempre, *siempre* está de nuestro lado.

Volteo para mirarlo con dudas.

—Es Winslow, —dice porque no es un idiota como el alguacil, que no quiere contarme nada.

Winslow, mi hermano mayor.

—Mierda.

El entrenador no me reta por mi mal uso del lenguaje, lo que me dice que es tan malo como me imagino.

Y entonces sé exactamente de qué se trata.

O al menos eso creo.

Porque me vi venir esta mierda desde que empezó.

La única pregunta es, *¿qué quieren de mí?*

Capítulo uno

Seis semanas antes

Sloane

Robar el Porsche 911 2016 fue la parte fácil. Al menos la parte divertida. Este es recién el segundo coche que robé, pero creo que tengo un verdadero don para esto.

Estoy vestida como una princesa consentida de papi con unos vaqueros ajustados de Rag & Bone y tacones de cuña, una camiseta corta Balmain. Todos restos de mi vida pasada, de cuando realmente era la princesa consentida de papi. Cuando robar un coche significaba tomar unas llaves de la caja de seguridad de papá y elegir cuál de los doce coches deportivos llevarme de su garaje.

Mi cabello está en un rodete y tengo una gorra caqui con estrás cubriendo mis ojos para esconder mi rostro. Cualquiera que mire hacia este estacionamiento concurrido verá a alguien que va bien con el coche.

Es sólo cuestión de encontrar el modelo indicado en una ubicación sin cámaras de seguridad. He estado caminando por la tienda comercial de Scottsdale durante días, evitando las cámaras y los guardias de seguridad del lugar.

Finalmente, encuentro uno. Un Porsche 911 Carrera 4 GTS y parece que tiene todo un interior de cuero. *MSRP* puede ir de 100k a 200k, dependiendo del motor y de los dispositivos en su interior. Lo sé porque mi padre tenía uno igual en nuestro garaje... antes de la caída. Antes de que todo se fuera a la mierda. Antes de tener que aprender a robar coches lindos de estacionamientos de tiendas comerciales.

Teoréticamente, los coches comunes son los mejores, del tipo que pasan desapercibidos. Pero no tengo el lujo de tomarme el tiempo o de bajar el nivel de riesgo. Tengo un plan de pagos con gente peligrosa, y el Porsche nos traerá buen dinero.

Así que será el Porsche. Ya compré una versión destruida de un lugar de repuestos, así tengo un título. Ahora todo lo que tengo que hacer es cambiar algunas partes, incluido el Número de identificación y cambiar el título de este bebé para venderlo.

Por desgracia, eso significa confiar en un desarmadero para que haga el cambio y darles la mitad de las ganancias porque no tengo esas habilidades.

Todavía.

Planeo aprender. De hecho, creo que veré si el tipo me puede enseñarme esta vez, para poder hacer el próximo coche sola.

Camino hasta el coche como si fuera dueña del lugar. O sea, como si fuera dueña del Porsche.

Como si tuviera casa y trabajo o un padre o esposo que vayan con este coche. Es un papel que conozco íntimamente. Lo viví toda la vida. Engreída. Mimada. Malcriada.

La niña de papá que ha caído de gracia.

Mi dispositivo hace lo suyo y se abren las cerraduras. Pasan unos segundos y el coche enciende y luego conduzco con total libertad y locura.

Salgo del estacionamiento. Llego a la autopista.

Voy hasta Wolf Ridge, la comunidad bien rara que está justo después de Cave Hills.

Justo donde terminé cuando mi papá fue a cárcel.

* * *

Bo

Voy en mi Triumph 1984 hasta el taller después de la práctica de fútbol porque estamos colmados de trabajo y mi hermano y tío me necesitan más que sólo los fines de semana.

Además, mi mejor amigo Cole no ha venido mucho a trabajar últimamente. No sé cuál es su maldito problema, pero no le pegaré en las bolas por la mierda con la que ha estado lidiando en casa este semestre.

Estoy muerto de hambre, lo que me pone de muy mal humor.

Pero me olvido del hambre porque... *maldición*.

Lo primero que veo es su trasero. Un trasero realmente ardiente con vaqueros ajustados que muestran cada curva de sus nalgas musculosas. Y piernas laaaaaaargas acentuadas por tacones de plataforma que levantan todo.

Doy un silbido silencioso en mi cabeza como muestra de aprecio.

Está inclinada sobre el motor de un Porsche 2016 azul eléctrico. Mi hermano Winslow está a su lado, señalando algo.

Al principio, asumo que es transformista como casi todos en Wolf Ridge e intento ver qué puede ser.

Luego siento su olor.

Humana.

Una humana que debería haber sido transformista. Porque tiene la contextura de una loba. Alta. De huesos grandes. Robusta, atlética. Ella no obtuvo esas piernas esbeltas y musculosas tirada en la cama jugando con el teléfono.

No, trabaja para tenerlas.

Y, maldición, cuando levanta el torso y voltea, se me pone duro el miembro. Porque es joven. Quizás de mi edad. Y hermosa. Tiene el cabello color caramelo con mechas rojizas, ojos cobrizos que combinan, y una marca de belleza que la hace ver como una estrella del cine antiguo.

Quiero hacérselo justo contra ese 911. Luego veo el logo que se estira en el frente de sus tetas. *Cave Hills Campo Traviesa.*

Eso explica las piernas. Y el coche caro. Parece que alguien destrozó el coche de papi y lo trajo aquí a que lo arreglen antes de que se entere.

Quizás porque estoy enojado por el hambre o porque me puso duro y sé que no puedo tenerla, pero me cae mal de inmediato. Maldita pequeña perra rica y malcriada de Cave Hills. Los chicos de Cave Hills sólo vienen a Wolf Ridge cuando buscan problemas. Y esta chica definitivamente es problemática.

Winslow me mira. Deja de hablar para mirarme como diciendo *¿qué-carajos-quieres?*

Y entonces sé que hay algo raro.

Porque no usaría esa expresión porque lo interrumpí con esta chica. No le tendría ganas a una chica humana; Winslow odia a los humanos.

Lo que quiere decir que quiere que me aleje por alguna otra razón.

—¿No tienes una puerta que reemplazar en ese VW? —mueve el pulgar hacia la otra punta. Estábamos esperando que entreguen el repuesto nuevo y el VW era su proyecto, no mío. Ahora estoy seguro de que intenta deshacerse de mí

—Sí. Bueno. —Sigo sin moverme.

Tengo escalofríos en la nuca. Vuelvo a mirar el Porsche. Quizás no sea el coche de su papi. ¿Qué miraban debajo del capó?

Me invade la intranquilidad. Es una advertencia conocida; del tipo que tengo cada vez que mi hermano mayor está por hacer algo realmente estúpido. O peligroso. Algo de lo que tendré que convencerlo para que no lo haga o se detenga.

Mierda.

Por favor dime que no es un vehículo robado y que está a punto de ayudar a esta chica a venderlo.

Cuando no me muevo, los labios de Winslow se curvan y sus ojos se ponen amarillos. El lobo en mí experimenta la amenaza de manera visceral.

No tengo otra alternativa que bajar la mirada y levantar el mentón, mostrando la garganta. Mi hermano puede ser malo, y es realmente peligroso, aunque somos familia. Arrojo mi mochila al suelo y me dirijo hacia el VW Beetle.

Winslow sube la radio de su lado.

* * *

Sloane

—¿Ese es tu hermano?

—Ese es Bo.

No es realmente la respuesta a mi pregunta, pero lo tomaré como un *sí*. Este taller mecánico de Wolf Ridge es realmente aterrador. Me dieron su nombre como un posible revendedor de coches robados y él funcionó bien. Pero no confío en él ni por un segundo.

Ver a su hermano menor, por otro lado, me calma un poco. Parece tan estadounidense hasta la médula como su hermano parece un matón. Sí, sus vaqueros están rotos y engrasados, pero tiene una camiseta de fútbol de la secundaria Wolf Ridge sobre sus músculos prominentes y el resto del cuerpo bien definido. Hasta es apuesto.

No estoy acostumbrada a que me traten con el asco que Winslow Fenton me tiene, pero me siento mejor porque su hermano esté aquí. Como si él no fuera a dejar que nada malo me pase.

Y por supuesto, esa es probablemente uno de esos supuestos estúpidos en los que esos estudios psicológicos mostrarían prejuicios basados en belleza. O ropa. O sensualidad general. Sólo porque sea de mi edad y hermoso no significa que será mi caballero de armadura brillante si su hermano se enoja conmigo.

—Él no es parte de esto, —dice Winslow, con amenaza evidente en su voz acallada—. ¿Entendido?

—Sí, definitivamente. Lo entiendo. —Ambos nos inclinamos encima del capó del Porsche como si habláramos de sus caballos de fuerza. Tengo que resistir mirar hacia el hangar donde está la espalda ancha y el trasero musculoso de Bo. *Concéntrate, Sloane; por Dios*—. ¿Entonces qué tan pronto crees que podamos tener un título para esto?

—Déjame eso a mí. Lo venderé. Luego te daré tu parte. *Mierda, no.*

—Ese no fue el trato. Tú consigues el título. *Yo* lo vendo.

Él se ríe.

—Tú lo venderás.

—Sí, eso fue lo que hablamos.

Se burla.

—Perdón, cariño. Nadie comprará un Porsche de seis cifras de una chica de dieciséis años.

—Diecisiete, —lo corrijo, aunque ese no es el punto—.

Si puedo robar un coche a plena luz del día del Centro Comercial de Scottsdale, puedo encargarme de la venta del coche. Al parece, soy bastante buena negociadora. Tuve que aprender muchas habilidades nuevas en estos últimos seis meses.

Él sacude su cabeza como burla.

—Perdón, hermana. Si consigo el título, es mío. —Él espera un momento—. ¿Entendido?

Mi corazón empieza a latir con más fuerza. Este tipo es un embaucador, pero lo sabía del principio. Ese es el riesgo asociado con robar coches.

Él se frota la nariz con un dedo engrasado y deja una marca negra en su rostro. Estamos nariz con nariz debajo del capó. Huele a metal y a sudor estancado y un poco al alcohol amargo al que huele la gente cuando se pasaron de tragos la noche anterior.

Ahora que he visto a su hermano, veo de dónde puede sacar el atractivo en una situación diferente. Si se cuidara a sí mismo y tuviera un corte decente. Y no luciera tan malvado.

Aprieto la mandíbula.

—Lo dividimos cincuenta-cincuenta.

—Sesenta-cuarenta.

No tengo que adivinar quién de nosotros tendría el sesenta.

Este tipo seguirá buscando molestarme. Será setentatreinta la próxima vez que lo vea, si siquiera sucede. Necesito tomar el control y rápido.

Respiro profundo e intento canalizar a mi padre. Podía convencer a un tipo de cualquier cosa. Y nunca usó el miedo para transmitir el mensaje, como hacen los vendedores. Porque esencialmente eso hace cualquier criminal, un trabajo de ventas. No, él los hacía sentir bien por hacer lo que él quería. Los hacía pensar que eso era lo que ellos también querían.

—Escucha, Winslow. —Inclino la cadera contra el paragolpes del Porsche—. Como te dije antes, estoy buscando un colega. Ya separé un Mercedes-Benz Clase S del desguace para el próximo robo de coche. Pero si eres el tipo de hombre que hace un trato y no honra su palabra, esto no funcionará en el futuro. Tenemos que tener suficiente confianza entre nosotros para que esto salga bien.

Tiro palabras como *honrar* y *palabra* esperando que pueda hacerlo pensar un poco en esas cualidades, pero dudo que las haya tenido en un comienzo.

Si no hubiera visto a su hermano bien estadounidense, ni siquiera lo habría pensado. Pero increíblemente, parece funcionar.

Winslow infla el pecho y asiente.

—Cincuenta-cincuenta, —concede—. Pero lo vendo yo.

—Ambos, —lo contradigo.

Vuelve a reírse.

—No te llevaré. Lo arruinarías todo. Pero te daré tu parte, como es justo.

—Tienes más que perder que yo. Todavía no tengo dieciocho. Si me atrapan, me darían un golpe en la muñeca. Si te atrapan a ti, sería un delito grave.

Él pellizca su labio inferior entre su pulgar e índice, lo piensa. Su mirada va hacia su hermano, como si pensara hacer que Bo venda el coche en vez de él. Pero luego niega con la cabeza.

—Me arriesgaré.

—Iré contigo, —vuelvo a insistir.

—No lo harás. Regresa a tu secundaria en Cave Hills y espera a que te escriba.

Me hace ruido el estómago. Pero intento no mostrar mis dudas. Somos colegas, confiamos y nos respetamos. Esa fue la mentira que estaba diciendo. Tengo que cumplirla.

—Necesito que me lleven de regreso.

Winslow pone los ojos en blanco y saca la cabeza de abajo del capó del Porsche.

—Mierda. —Me observa, luego mira a su hermano—. ¡Bo!

Su versión más joven y mucho más sensual se acerca y se limpia las manos con un trapo blanco nuevo.

—¿Sí?

—Tienes que llevarla a esta a Cave Hills.

Él entrecierra los ojos.

—¿En qué? —Él estira bien los brazos y mira a su alrededor.

—En tu motocicleta. Apresúrate, carajo. Necesito que regreses a terminar el trabajo esta noche.

Un músculo se tensa en la mandíbula de Bo y parece que está respirando de forma contenida.

—Claro. Bueno. —Él me mira levantando las cejas y me ofrece el brazo como un mayordomo—. Por aquí, *señorita*.

Bueno, quizá sea un idiota tan grande como su hermano.

Toda esa sensualidad desperdiciada en un tarado creído. Qué mal. No es que estuviera esperando algo. Sólo... me gusta mirar.

Lo sigo hacia el frente de la tienda donde toma el casco encima de la motocicleta y me lo pasa.

—Te espera tu limusina.

No soy una gallina, pero nunca antes anduve en motocicleta. Y cuando me lo imaginé, siempre fue andando detrás de un novio de tipo confiable. Alguien sensual, pero no fastidioso y malhumorado como Bo.

Básicamente, estoy poniendo mi vida en las manos de un completo desconocido.

Tomo el casco y trago saliva.

—¿Tienes miedo, princesa? —se burla. Lleva unas chapas de perro alrededor del cuello. De cerca, es incluso más hermoso de lo que noté inicialmente. Tiene ojos azul claro que resaltan con su piel bronceada y su cabello castaño despeinado. Sus labios poseen sensualidad, pero es la única parte. El resto de él es cien por ciento músculo duro. Probablemente sea defensor y haga que los jugadores de Cave Hills lloren cuando los choca.

Tomo el casco y arrojo mi cabello hacia atrás antes de ponérmelo. Es demasiado grande y arruino el efecto engreído al luchar con las tiras para ponérmelo.

Para completar la humillación, Bo se acerca a ayudarme, ajusta las tiras hasta que encajan cómodamente contra mi mentón. Sus movimientos son seguros y habilidosos, y completa la acción tocando la parte superior del casco como si fuera una niña.

—¿No te pondrás uno?

—Nah, tendría dos para la vuelta, —dice como si esa pequeña molestia fuera mucho peor que romperse el cráneo. Saca unas gafas de sol del bolso lateral y se los pone. Parece salido de una película. Como una versión más joven de Chris Hemsworth como chico malo. Sólo que mucho más imbecilístico.

Lo sé. Esa no es una palabra.

—¿Lista? —Pasa una larga y gruesa pierna por encima del asiento y mira hacia atrás. Cuando me subo felizmente detrás de él, mira con desconfianza mis sandalias de cuña—. Normalmente no permitiría ese tipo de calzado en mi moto, pero supongo que no tienes muchas opciones, ¿verdad?

—Nop.

Uber hubiera sido una buena opción.

¿Por qué carajos no pedí un Uber para esto? Intentaba consolidar esta estúpida alianza con Winslow. Mostrar algo de confianza para hacerlo confiable.

Ahora miren dónde estoy.

A punto de arriesgar mi vida en la parte de atrás de una motocicleta.

Él enciende la Harley, y la única advertencia que me da el imbécil de que arrancará es una mirada por encima del hombro antes de salir disparado.

Contengo un grito y tomo su cintura con un pánico total. Me lleva uno o dos kilómetros darme cuenta de que estoy hundiendo los dedos en su piel a través de su camiseta fina, pero sin importar lo firme que me digo de soltarlo un poco, no puedo hacerlo.

Ahí se va lo de actuar relajada.

Bo se detiene en un semáforo y gira la cabeza hacia el costado.

—¿Estás asustada?

—No-oo. —La única sílaba se transforma en dos mientras miento rechinando los dientes.

Él cubre una de mis manos en garra. Su palma es grande y áspera. Callosa por el trabajo duro y quizás por jugar al fútbol, no lo sé. Pone mi mano alrededor del frente de su cuerpo hasta que lleva a sus abdominales de tabla de lavar.

—Ah, ¡perdón! ¿Te estaba lastimando?

Normalmente no me ponen incómoda los chicos. Suelo ser la que los pone incómodos, sobre todo si hablamos de chicos de secundaria. Medir un metro ochenta para séptimo grado hizo que fuera imposible ignorar el efecto que tenía en el sexo opuesto. Pero ahora mismo soy un completo desastre.

Lo culpo todo en esta motocicleta. No es el azul de sus ojos o sus abdominales de tabla de lavar.

Su risa es baja y suave. No debería calentarme de la forma inesperada en la que lo hace.

—No podrías, Piernas.

—*¿Piernas? ¿Así me llamarás?*

Cambia el semáforo y él sale disparado de nuevo sin advertencia.

Envuelvo su cintura también con mi otra mano, así que ahora estoy abrazando su espalda como un maldito koala. ¿O se abrazan al frente? Entonces un chimpancé que tiene que aferrarse con todas sus fuerzas mientras su mamá se lanza de un árbol a otro.

Y entonces vamos rápido por la autopista que lleva a Cave Hills. No sé cuántos kilómetros lleva que mi miedo se transforme en algo diferente. Algo más cálido y vivo. Para cuando bajamos la colina, siento cosquillas y estoy despierta, mi respiración está entrecortada dentro del casco, mis manos moldean los abdominales de Bo. El calor de su cuerpo irradia hacia el mío. La motocicleta es como un vibrador gigante entre mis piernas.

Odio que este escenario me caliente. Las motocicletas no son interesantes. Los chicos que andan en ellas son simples y básicos.

Excepto que mi cuerpo no parece estar de acuerdo. O quizás no se trata de la motocicleta. Quizás se trata del jugador gigante a cuya espalda estoy aferrada.

* * *

Bo

La asusto a propósito porque soy un idiota.

Soy un bobo y *realmente me encanta* hacerla gritar y aferrarse a mi con todas sus fuerzas cada vez que salgo demasiado rápido.

Tampoco me importa sentirla acurrucada contra mi espalda, sus brazos delgados apretando mis costillas cada vez que me inclino para girar.

Estoy bastante seguro de haberla escuchado murmurar, *apestas,* la última vez que pasé rápido entre los carriles de tránsito para adelantarme.

Mejor así. Ella trae problemas, esta chica, está arrastrando a mi hermano con ella.

—¿Adónde? —Le pregunto cuando llegamos a Cave Hills.

—La quinta y Davidson. —Intenta alejar las manos de mí, pero acelero la moto y me vuelve a apretar—. Lo estás haciendo a propósito, —me acusa, abultando mi camiseta en el frente.

Ella sabe lo que estoy haciendo. Supongo que para ser una ladrona de coche tienes que ser bastante inteligente. O bastante boba. Pero ella no me parece boba. Noté bastante cautela en su rostro cuando hablaba con Winslow para saber que entiende los riesgos.

La llevo a la quinta y Davidson.

—¿Y ahora dónde? —Espero en parte que sólo se baje y no me muestre dónde vive, pero me da direcciones hacia su casa. Resulta que no vive en una de las muchas casas millonarias que conforman la comunidad del norte de Scottsdale.

Ella está en una casa adosada, una linda, pero no tan grande.

—Justo aquí, —dice y señala. Ella pasa su larga pierna para bajarla de la motocicleta e intenta desabrocharse el casco con dedos temblorosos.

—¿Cuál es la historia con el Porsche? —Le pregunto yendo al grano, la veo titubear y no le ofrezco ayuda esta vez.

Sé que Winslow no me lo dirá y estoy buscando confirmación.

—Es de mi papá, —dice—. No está en la ciudad y le hice una abolladura. Tu hermano dijo que me ayudaría a arreglarlo sin que se entere.

—No vi una abolladura.

—Ya la arregló. Ahora sólo necesita un poco de pintura. —Ella tira de las correas del casco como si la estuviera teniendo de rehén con ellas—. Tu hermano dijo que lo arreglaría para mañana.

Sí, claro. Una mentira total, por supuesto.

Ella libra desabrocharlo y se quita el casco, deja caer su largo y grueso cabello.

No quiero estar sorprendido por lo hermosa que es de cerca. Estoy buscando algún defecto. Alguna irregularidad para poder desestimarla. Pero incluso el lunar grande en su mejilla parece puesto ahí sólo para hacerla más tentadora con los chicos. O con las chicas que gustan de chicas. O bueno, con cualquiera que tenga pulso.

No luce como si fuera a la secundaria. Es probable que esta chica haya ido a fiestas universitarias desde que llegó a la pubertad. Ella es de ese tipo.

Y por eso no la soporto.

—Gracias por traerme, Bo. —Ella empuja el casco en mi dirección.

—No escuché tu nombre. —Ignoro el casco. No parece estar muy apurada por irse y no se lo haré fácil.

—No lo dije. —Ella golpea mi barriga con el casco y cuando sigo ignorándolo, lo suelta y se da vuelta.

Me agacho a recogerlo antes de que toque el suelo.

—No tienes que ser una perra, —le grito. No porque pienso que lo sea, aunque no lo descarto, lo digo para ver si la hago enojar.

Funciona.

Ella gira, su rostro sonrojado.

—Bien, —asiente y regresa—. Muy bien.

Sonrío porque verla enojarse me pone el miembro duro.

—No me importa el bien. Te veo mañana, ¿supongo? ¿Su alteza necesitará que la recojan?

Espero verla sonrojarse o ver pruebas de que mintió, pero es muy buena para eso. Sólo me muestra el dedo mientras voltea y abre la puerta principal.

Definitivamente causará problemas, esa chica.

Y no podré hablar con Winslow de eso. Ni detenerlo.

Memorizo su dirección de memoria. Si algo le sucede a Winslow por esta mierda, vendré aquí y destrozaré a esa engreída perra de Cave Hills.

Justo después de ponerla de rodillas frente a mi cremallera abierta.

Capítulo dos

B^o —La luna está casi llena, gente, —anuncia el entrenador Jamison en el vestuario después de la práctica. Nos da una charla todos los meses y, después de cuatro años, básicamente puedo recitarla.

Pero igual, sé que son temas importantes, sobre todo para los de primer año que siguen en medio de la pubertad.

—Enciérrense en sus habitaciones antes del partido y después de correr con la manada. No se acerquen a ninguna mujer u —él levanta la mano— hombre, si esa es su preferencia. No estoy juzgando. —Camina por el vestuario mientras salimos de las duchas envueltos con toallas para pararnos junto a los casilleros y vestirnos—. Chicos, ustedes tienen las hormonas descontroladas. No es seguro para la comunidad en general. La luna amplifica su necesidad. Los vuelve demasiado agresivos. Mastúrbense antes del partido; no quiero tanta testosterona corriendo por sus cuerpos cuando juguemos con Lakeside. No puedo arriesgarme a que uno de ustedes le rompa el cuello a un humano. Y aparte de masturbar sus propios penes, los mantendrán en sus pantalones. No les advertiré que usen condones porque *no mojarán sus penes este fin de semana.*

Aunque tengan novia, *especialmente* si tienen novia, manténganse bien alejados de ella mañana por la noche. Y no sigan la filosofía de *vivir aventuras* con humanos. Chicos, están aún menos a salvo con humanas ahora mismo. Ellas no pueden defenderse. Si alguna vez me entero de que obligaron a una chica, humana o loba, estarán permanentemente expulsados de este equipo y yo mismo les patearé el trasero. ¿Entendido?

—Sí, entrenador Jamison, —respondemos todos.

—Más fuerte.

—Sí, *entrenador Jamison,* —gritamos, nuestras voces hacen eco con los casilleros metálicos.

—Wilde, vigila a todos los chicos del equipo cuando corran en manada, —le dice el entrenador a mi amigo, quien es el capitán del equipo.

—Sí, señor. —Él pasa una camiseta por encima de su cabeza.

El entrenador deposita mucha responsabilidad del alfa de la manada en Wilde, lo cual es una de las razones por las que me alegra no haber sido elegido como capitán. Sí, soy un alfa. Hay una razón por la que a mis amigos y mí nos dicen los alfa-diotas de la secundaria Wolf Ridge. Pero dirigir la escuela y una manada son dos cosas diferentes. Una surge de un lugar rebelde. Les mostramos el dedo a todos menos al entrenador y hacemos lo que sea que queramos. Creamos las reglas sociales de la secundaria Wolf Ridge, quién es popular. A quién invitan a la meseta. Con quién vale la pena salir.

Pero ahora Wilde tiene que hacer cumplir las reglas. Aunque la lista de reglas de Jamison es corta: No peleen con humanos. No embaracen a mujeres, humanas o lobas. No tomen a una mujer contra su voluntad. No muerdan a sus parejas, aunque piensen que están enamorados.

Salimos, pero nuestro alfa-diota más malvado, Cole, se atrasa. —Austin, ¿puedes llevar a Casey a casa esta noche?

Abe, el hermano menor de Austin se acerca a que también lo lleven. Es de segundo año, pero ya juega de titular con nosotros, lo que dice mucho porque todos los tipos de este equipo son atletas importantes.

Austin mira a Cole entrecerrando los ojos.

—Sí, ¿por qué?

Todos sabemos por qué.

Cole vino a la práctica con el aroma de esa humana en todo su cuerpo. Su vecina, la que odia porque su mamá le quitó el trabajo a su papá.

Aunque todos saben que el *odio* está bastante cerca de otra cosa. Algo que se parece a una obsesión, si me preguntan. He visto la forma en que la acorrala contra su casillero. La forma en la que siempre la busca.

Cole se encoge de hombros.

—Tengo que ver a un profesor por una tarea.

Aján.

Pero como sea. También tengo el pene duro por una humana.

Fui directo a casa después de dejar a la perra en Cave Hills y me masturbé toda la noche. Tenía su aroma en mi nariz. Se había pegado a la parte de atrás de mi camiseta, donde presionó esos pechos sabrosos contra mí mientras conducíamos, así que me la quité y la envolví alrededor de mi miembro. Fingí que me estaba tocando con su mano para agradecerme el aventón.

Me dormí con la imagen de ella arrojando su melena sobre su hombro con su comentario poco serio de «No lo dije» mientras se alejaba. Cada vez que lo recuerdo, se me ocurre una respuesta diferente. Todas ellas son físicas. Todas ellas terminan con ella de rodillas frente a mi pene, diciendo *¿por favor puedo chuparlo?*

Sí, como si *eso* alguna vez sucediera en la vida real.

El problema el porno es que hace que el sexo normal de secundaria sea tan emocionante como sentarse en la clase de Historia Estadounidense medio día.

* * *

Sloane

Le quito la cadena a mi bici después de la práctica de campo traviesa y paso la pierna por encima del asiento. Mis piernas todavía tiemblan por correr tanto, pero no me molesta volver en bici a casa. Creo que meterme en un coche y conducir simplemente haría que mi cuerpo se tense. Mis músculos pueden estar temblorosos y débiles, pero exigirles un poco más, de una forma diferente, en realidad se siente bien.

O quizá sólo sea masoquista.

Mi coche, o el que mi papá me dejaba usar, fue uno de los muchos bienes secuestrados por el gobierno cuando fue a prisión. Así que quizás haya un poco de *merecido* con esto de ir a casa en bici.

Definitivamente no me merezco el lujo de tener un coche y debería sentirme avergonzada de haber tenido uno, sabiendo de dónde venía el dinero. Niego con la cabeza para alejar los recuerdos de los días posteriores al arresto de mi padre. Los rostros de los que habían sido mis amigos, que me conocían de toda la vida, se reían y se alejaban de mí con desprecio mientras caminaba por los pasillos de mi antigua secundaria para llegar a clase.

Parece que los pecados de mi padre no sólo se pasan a los hijos. Las hijas también heredan esa mierda.

Reviso mi teléfono una vez más antes de irme para ver si hay un mensaje de Winslow.

Si no consigo dinero para esta noche, estoy jodida.

No hay mensaje.

Maldición.

Me inclino sobre el pedal derecho y salgo, voy rápido para pasar por delante de todas las transgresiones de mi padre.

Pero parece que hoy no logro ir lo suficientemente rápido como para escapar de las sombras que me rodean.

Que están dentro de mí.

La brisa sopla contra mi rostro y de repente recuerdo el viento que me golpeaba ayer en la parte trasera de la moto de Bo. La sensación de sus músculos duros debajo de su camiseta de algodón. El sonido de su voz grave y ronca.

Se me mojan las bragas y me mezo contra la parte dura del asiento para aliviar el dolor entre mis piernas. No sé por qué un pendejo tan creído me parece tan sensual, pero así es.

Supongo que son las vibras de chico malo. La motocicleta y la actitud de Rebelde Sin Causa.

El azul claro de esos ojos que me juzgan por algún crimen. Ya sea el que realmente cometí o uno diferente, no puedo estar segura.

Todo lo que sé es que no le caigo bien.

Tampoco a su hermano, aunque eso me molesta mucho menos.

Hay cierta rivalidad de larga data entre la secundaria Cave Hills y la de Wolf Ridge. Quizás algo de esa enemistad sea por ese motivo. No sé; sólo soy la chica nueva aquí, pero creo que los chicos de Cave Hills son los que tienen, y los de Wolf Ridge, los que no.

Alguna vez fui de las que tenían. Viví en una casa de tres cuartos de millón de dólares en Grosse Point, Michigan, el suburbio más adinerado de Detroit. Mi papá era accionista.

Pero si sólo supieran lo bajo que ha caído su princesa, podrían no juzgarme. Tiraron la corona firmemente de mi cabeza y la aplastaron a los pies.

El año pasado mi papá fue preso por apropiación de fondos y, el mes pasado, los guardias lo encontraron colgado en su celda, con su sábana alrededor de la garganta. Suicidio... supuestamente. Con toda la gente a la que jodió mi papá, quién sabe.

Estoy viviendo con la hermana de mi mamá y mi prima de once años sin un centavo a mi nombre. Así ha sido desde poco tiempo después de que los federales vinieran por mi padre.

Llego a la calle de mi tía y mi estómago se cae al suelo.

El Lincoln Navigator negro que me es tan familiar últimamente está estacionado en frente de las casas adosadas.

El sudor sobre mi piel se vuelve frío y viscoso.

No hago que me persigan. No soy tan estúpida. Voy con mi bici justo al lado de la ventana del conductor.

—Hola, chicos, —digo de forma alegre y muevo la mano mientras miro hacia el interior.

Se baja la ventana y estoy frente a dos idiotas con gafas de sol y ceños bien fruncidos.

Son Vinny y Tom, o como me gusta decirles, Tonto Uno y Tonto Dos, aunque parecen más padres divorciados de mediana edad con cabello fino y panzas que cuelgan un poco por debajo de sus cinturones.

—¿Dónde está? —Exige saber Vinny. Lleva una camiseta polo de un horrible color durazno, caquis y Ray Bans, como si acabara de salir de la cancha de golf.

Saco el teléfono de mi bolsillo y reviso la pantalla sólo para ver si Winslow ya me mandó un mensaje. Sigue sin haber nada.

Maldito.

—¿Cómo los tratan hoy los hoyos verdes, caballeros? ¿Acertaron algunos golpes? —Pruebo para alivianar la situación con falsa confianza.

Tom, con su camiseta polo Adidas de rayas grises y su sombrero Titleist abre la boca como si estuviera por responder en serio, pero Vinny no lo permite.

—No te hagas la inteligente, niña. —Su mano va hacia la consola entre los asientos y se apoya sobre una pistola negra.

Trago y de repente siento la garganta muy seca. Lo tendré. Hay mucho que revisar. Pero estoy buscando. Todos los días. No hay nada que revisar. Las pocas cajas que tengo de las pertenencias de mi padre están llenas de ropa y fotos. El anillo de bodas de mi madre...

Tom se limpia los dientes con un palillo.

—El tiempo corre. El jefe regresará pronto.

El sudor corre por mi espalda. Inclino los codos sobre el marco de la puerta y disfruto la brisa fresca del aire acondicionado; luego me enderezo cuando ambas miradas bajan y se clavan en mis tetas. No me molesta usar mi sexualidad cuando es necesario, pero con estos tipos intento seguir el papel de la adolescente pobre y asustada.

Decido ir por el camino de la verdad más honesta.

—Aunque no encuentre sus cosas, puedo juntar el efectivo para cubrirlo. Robé un Porsche y conseguí un título nuevo, pero todavía tengo que revenderlo. Cuando se venda, espero tener al menos diez mil para ustedes, quizás quince. Tal vez pueda hacer algunos pagos, o sea hasta que lo encuentre.

Veo un aprecio reticente en el rostro de Vinny.

—¿Así es? ¿Robaste un Porsche?

—Sí. Sería más sencillo si pudiera hacer los pagos en forma de coches. ¿Esa es una posibilidad?

—No, —dice Vinny—. No somos una tienda de coches usados.

—Quizás con un título limpio, —dice Tom al mismo tiempo.

Pero eso no me sirve. Necesito a Winslow para tener el título limpio y eso significa dividir las ganancias con él.

Muevo mi zapatilla por la grava a mis pies.

—¿Seguros de que no pueden encargarse de un buen coche? Podría darles uno todos los días, no hay problema.

Vinny niega con la cabeza.

—Buen intento, niña. Cualquier puede robar un coche. Moverlo es la parte difícil.

Si no lo sabré.

—Además, —agrega Tom—. Dudo que el jefe quiera. Está en contra de los robos.

Tom habla en serio. Me río de que el robo de coches sea el límite de su jefe. No el secuestro. Ni los asesinatos. *Revender coches.* Ambos me miran con mala cara. No me gusta la forma en la que Tom sigue mirando mis pechos.

—El jefe ya te dijo, puede conseguir mucho vendiéndote en el mercado negro. Y acabo de notar hoy que tienes una primita.

El frío helado y el calor de la lava me recorren al mismo tiempo.

No acaba de hacerlo.

Siento que la sangre se aleja de mi rostro y ambos sonríen ante mi pánico.

—Luce lista, esa, —dice Vinny con una sonrisa de costado—. La edad perfecta. Estos pedófilos aman a las preadolescentes. Son las que mejor se venden.

—Manténganse alejados de mi prima, —digo entre dientes.

—Consigue el dinero para el jefe. *Todo* su dinero. Ya está enojado de que esté tardando tanto.

Mi estómago es una piedra sólida de tensión.

—Lo conseguiré. Manténganse bien lejos de ella. —Los señalo como si fuera yo la mafiosa que está asustándolos. El hecho de que me tiemble el dedo probablemente arruina todo el efecto.

Me lleva dos intentos, pero logro volver a subirme a la bici y llegar al garaje de la casa adosada de mi tía.

Toco el botón de la puerta del garaje y me ven desaparecer detrás de la puerta cerrada. No lloro hasta escuchar que el Lincoln se aleja y todo queda en silencio. Sola en la oscuridad, el olor a gas y polvo invade mis fosas nasales; lucho por respirar entre sollozos.

Sophie, su golden retriever, ladra y rasguña la puerta, está ansiosa por saludarme.

—Dame un minuto, Soph, —digo con dificultad y me limpio el rostro con ambas manos.

La puerta se abre de golpe un momento después y mi prima Rikki me mira mientras Sophie corre para bailar alrededor de mis pies y lamerme las manos.

—¿Quiénes eran esos tipos?

Oh, mierda.

—¿Qué tipos? —Mantengo la cabeza agachada, acariciando a la perra mientras paso por la puerta.

—Los tipos del coche negro. Parece que traían malas

noticias.

—No, sólo pedían direcciones. Pero probablemente sean malas noticias. No pares a hablar con extraños como acabo de hacer. No es seguro.

—Lo *sé*, —dice impaciente—. Por eso preguntaba.

Dentro, la cocina huele delicioso, pero evito rápidamente a mi tía Jen.

—Iré a ducharme, —grito mientras corro para subir las escaleras.

—Bueno, la cena está casi lista, —me responde.

—Sip. Dame cinco. —Voy directo al baño en suite entre mi habitación y la de Nikki y trabo ambas puertas.

Sólo entonces me permito llorar en serio.

Seis semanas antes

No sé cómo le explicaré el labio hinchado y los moretones a mi tía. Sé que es una preocupación ridícula cuando dos hombres me acaban de meter a la fuerza en la parte de atrás de una Escalade negra. Ahora me siguen y un tercero está sentado tranquilamente frente a nosotros, observándome.

Luce como una mezcla entre Andy García y De Niro. Lleva un traje negro totalmente a medida, a pesar del hecho de que Arizona está literalmente ubicada en el sol y que hace un calor sofocante afuera. El anillo de oro y diamantes más llamativo que he visto está en su meñique izquierdo.

Levanta una ceja canosa.

—¿Sloane McCormick?

—¿Quién pregunta? —La adrenalina y el miedo le dan

fuerza a mis palabras. Sus labios tiemblan, pero sus ojos permanecen imperturbables. Fríos.

—Soy un colega de tu padre.

Una piedra baja, baja, y baja hasta alojarse en mi estómago.

—No sé si te enteraste, pero mi papá ya no está con nosotros. Él... murió recientemente. —Se me cierra la garganta. No lo he visto en más de un año. No hemos sido cercanos en mucho más tiempo. He llorado todas las lágrimas que podría haber derramado, pero decirlo en voz alta a veces reabre la herida.

—Estoy aquí por su partida. —Truena los dedos y mueve la mano de aquí a allá y los dos matones que me sostienen me dejan ir. Se acerca, codo en la rodilla, las manos entrelazadas como para orar—. Tu padre tenía algo mío, mi parte, por decirlo de alguna forma, y la escondió para quedársela. Su compañero de celda le dijo a mi hombre que tú sabes dónde está.

Niego la cabeza, confundida.

—Todos sus bienes quedaron congelados...

—Esto no es algo que supieran los federales. Piensa bien, *bella mia*. ¿Te envió cartas, quizás algo en código, quizás con alguna ubicación? ¿Una secuencia de números?

El sudor baja por mi espalda. Mi papá me envió cartas. Cartas que nunca abrí. Cartas que hice un bollo y tiré a la basura porque estaba enojada de que hubiera arruinado mi vida.

Niego con la cabeza otra vez y ahora no lo miro.

—Qué mal. —Él se acomoda en su asiento e inclina la cabeza—. Eres una niña tan linda. Sería una pena que desaparecieras. Vuelve a mover las muñecas y un saco de tela negra cubre mi cabeza.

El pánico invade mis venas; mi visión se nubla.

—¡Espera! ¡Espera! —Lucho contra los hombres a mi lado—. Tengo sus papeles. De la oficina. Cajas que están guardadas. Me quitan la bolsa e inhalo como si me hubieran estrangulado—. Sólo dime qué buscas. Lo encontraré.

Él me sonríe con calma como si hubiera actuado justo como esperaba.

—Hay seis lingotes de oro del tamaño de tu iPhone y un pequeño cuadro al óleo de aves. Es una pieza rara hecha por Camille Pissarro al principio de su carrera. Vale más que tu vida, pero si no puedes encontrarlo, me conformaré con lo que consiga por ti en el mercado negro. Conozco a un par de compradores a los que les encantaría un juguete lindo como tú.

¿Lingotes de oro? ¿Un cuadro? ¿Como una búsqueda del tesoro? Mi mente gira y choca como una bola de pin ball que rebota y vuelve, arriba y abajo. Finalmente, choca y se hunde en *Conozco a un par de compradores a los que les encantaría un juguete lindo como tú.*

—Tienes suerte de que tenga que salir del país por unos negocios de imprevisto. Tienes un par de meses antes de que vuelva a los Estados Unidos. Más que tiempo suficiente, ¿verdad? Y mientras no esté, Tom y Vinny se quedarán aquí y te vigilarán. No querría que huyeras o contactaras a ningún agente de la ley antes de reunirnos de nuevo.

Sin otra palabra, me empujan de la camioneta y aterrizo sobre mis manos y rodillas, el asfalto me abre la piel. Apenas lo siento. Estoy inerte. Temblando.

—Y *bella mia,* —me llama por la puerta abierta—. Casi lo olvido. Lamento la muerte *temprana* de tu padre.

Capítulo tres

B^o Soy el único en el local el sábado por la mañana porque el tío Greg decidió que ahora se tomará los fines de semana y Winslow todavía está durmiendo por la salida de anoche.

Supongo que vendió el Porsche robado porque ayer estaba mostrando un fajo de billetes, alardeando de que iba a hacer las compras semanales por mi mamá y preguntando qué boletas había que pagar. Lo escuché haciendo planes con su amigo, Ben, para ir a los clubes nocturnos de Phoenix anoche y él entró balanceándose al amanecer, apestando a alcohol.

Cole todavía no llegó; supongo que se está masturbando mientras mira la ventana de su vecina para evitar tirarle la puerta abajo.

El destino sabe que *estoy* sintiendo la luna llena.

Anoche no pude dormir, y mis bolas estaban azules por otra humana en particular.

Wilde y Austin están descansando junto a un Buick, todos sudados por correr a la mañana. Son los más motivados de la mini-manada que llamo amigos, los alfa-diotas. Se levantan y corren todas las mañanas porque el Entrenador nos taladró el hábito cuando éramos de primer año y necesitábamos evitar que las hormonas furiosas estallaran en una agresión inapropiada, sexual o de otro tipo. Funciona. Lo haría totalmente, pero no tengo tiempo con mis obligaciones en el local.

Como si la hubiera llamado la mismísima luna, llega una grúa con un Mercedes chocado por detrás. ¿Y adivinen quién está sentada en el asiento del acompañante del camión?

Aján.

La señorita humana sin nombre que me tiene haciéndoselo a mi mano toda la noche mientras maldigo su hermoso rostro.

—Váyanse, chicos, —les gruño a mis amigos, quienes por supuesto sólo estiran los cuellos para ver qué miro.

—¿Es la ladrona de coches de Cave Hills? —Pregunta Wilde.

Qué estúpido soy, cometí el error de mencionarla como una HILF, una humana a la que me gustaría hacérselo, cuando Cole estaba quejándose sobre su vecina humana.

—Dije, *váyanse.*

Esas piernas sensuales emergen de la puerta del acompañante.

Ahora o los mataré a ambos.

Austin se ríe. Es el de mejor carácter de todos nosotros. Hay una razón; es el presidente de la clase y un jugador de primera categoría.

—Averigua si tiene algunas amigas, ¡nos vamos! —se ríe cuando gruño y los dos toman sus botellas de agua y se marchan.

Tomo un trapo limpio y me acerco mientras me limpio las manos.

—¿Dónde lo quieres? —grita el tipo de la grúa. Conozco su juego. Trae en Mercedes destruido para usarlo como título de reventa. Luego roba un coche parecido, Winslow cambia algunas partes identificatoria y *voilá*, tiene un título listo para vender el coche cambiado.

Inclino la cabeza y miro a Piernas a los ojos.

—No lo queremos.

Deja de caminar y se detiene el movimiento de sus caderas.

—Winslow ya sabe de esto. —Ella apunta en mi dirección—. ¿Está él aquí?

Me acerco.

—Nop.

Veo que su miraba para por encima de mis hombros y sobre mi pecho antes de volver a mi rostro.

—Bien, estará trabajando en esto. ¿Entonces dónde querría *él* que lo deje?

Cruzo los brazos sobre el pecho e ignoro que el conductor de la grúa tose impaciente. La miro para intimidarla con el método alfa de esperar hasta que pestañee y mire para otro lado antes de mover el pulgar.

—En la parte de atrás.

Estoy bastante seguro de que no queremos estos coches de lujo estacionados aquí para que la gente los vea. Sobre todo si esto se volverá algo rutinario.

Mierda.

¿En qué se metió Winslow ahora? Esto podría hundirnos a todos.

No me muevo mientras el conductor lleva la camioneta a la parte de atrás y descarga el coche.

No me muevo cuando Piernas le paga al tipo en efectivo de una billetera que saca de su bolsillo trasero.

Sigo sin moverme cuando hace su recorrido de regreso a mí.

—Sloane, —dice.

Me lleva un momento entender que está respondiendo a mi pregunta de hace días.

Claro. Porque ahora quiere algo de mí.

Sólo porque hoy hay luna llena, puede que lo consiga.

Le ofrezco la mano.

—Bo.

Su apretón de manos es firme y ni bien mi piel toca la suya, siento un movimiento en mi estómago, como cuando se detiene un ascensor.

—¿Eres el único aquí hoy?

Mi pene empuja contra mi bragueta, aunque dudo que esté sugiriendo algo. Pero su voz seductora y esas piernas bien, bien largas me tienen con desventaja.

Maldita luna.

Pero me hago el desentendido. —Mmm hmm. ¿Por qué?

Ella mira a su alrededor. Sé que está a punto de pedirme un favor, sólo que no estoy seguro de qué tipo será. Cuando lo hace, me sorprende.

—¿Puedes enseñarme?

—¿Disculpa?

—No lo sé. Lo básico. Cómo cambiar un motor o algo.

Me río y doy un paso al frente, invadiendo su espacio. Tomo un mechón de su cabello grueso y cobrizo y lo envuelvo con el dedo.

Me sorprende que no arroje la cabeza hacia atrás de inmediato para liberarlo, pero es porque quiere algo.

—Lo entiendo, Piernas. Quieres sacar a Winslow del medio. Aprender a hacer esto por ti misma.

De hecho, no es una mala idea.

Esta chica tiene el potencial de arruinarnos la vida, pero como hermano menor, todavía no tengo la fuerza suficiente como para desafiar a Winslow por este mierda. Y no iré tan bajo como para delatarlo con los ancianos de la manada.

Ella se frota los labios. Son gruesos y suaves, definitivamente besables.

Pero no me estoy imaginando besarlos. Estoy imaginando devorarlos. Morder, succionar, torcer la boca sobre la suya hasta que le falte la respiración.

—No hay ninguna situación, —sostiene.

Bien, así es cómo jugaremos a esto.

—¿Winslow te amenazó de alguna forma horrible si me incluías en esto?

Por supuesto que lo hizo. Mi hermano podrá ser algo engreído la mayor parte del tiempo, pero hay algo que mi mamá le taladró: que no me meta en esto. Ella necesita un Chico Perfecto.

Hay brillo en sus ojos. Duda. Supongo que no está segura de cómo manipularme. Contarme cosas para crear confianza o seguir fingiendo, aunque ambos sabemos que es mentira.

Espero porque tengo curiosidad. A la mierda con eso, estoy realmente fascinado por esta chica. Nada de ella tiene sentido. Es un enigma total. ¿Una chica ardiente y rica de Cave Hills que roba coches y pone a trabajar a la gente? Muestra inteligencia e ingenuidad.

Pero también siento algo de desesperación en ella.

Esta no es una chica rica, blanca y aburrida que se entretiene robando coches.

Hay necesidad en esto. Algún tipo de problema en la base de todo.

¿Pero qué podría ser?

Ella opta por reconocer las mentiras con su tono de voz.

—De nuevo, no tengo idea de qué hablas. —Toma mi mano en su cabello para evitar que gira y, una vez más, siento la caída del ascensor.

Maldita luna llena.

No se supone que los lobos se pongan tan calientes con humanos.

—Te pagaré.

No sé por qué eso me la pone dura. Creo que es la forma ronca en que lo dice, como si fuera algún tipo de rica de alta sociedad ofreciéndole dinero al piletero para ponerle bronceador en la espalda. O como sea el cliché.

No puedo evitar que mis labios se curven.

—¿Sí? ¿Cuánto?

Miro el cálculo en sus ojos y espero una cifra baja.

—Cien la hora.

Contengo la sorpresa. Bueno, supongo que tiene sentido; acaba de obtener las ganancias del Porsche. Está reinvirtiendo sus ganancias.

—Si llega Winslow, te pateará el trasero.

Ahora veo una pequeña sonrisa en sus labios. Ella sabe que aceptaré.

—Me arriesgaré.

Me encojo de hombros.

—Qué valiente para ser tan pequeña.

Ella se mofa.

—Sólo tú podrías llamarme pequeña, Músculos.

Le sonrío. Ella me mira. Estamos teniendo un momento, y eso no es lo que quería. Esta chica es problemática, pero me atrae como un imán al metal.

—Probablemente me patearán el trasero por esto, —digo porque si me descubre Winslow, yo seré al que golpee—. Vamos. —La llevo al garaje para tomar algunas herramientas y le paso una llave de tubo—. Tú harás el trabajo. Yo superviso.

Un suave suspiro sale de su boca. Es casi una risa.

—Apuesto a que eso también te gustaría.

—¿Decirte qué hacer? Claro que sí. —La llevo a la parte de atrás. No puedo abrir el capó del Mercedes porque está cerrado con el golpe, así que uso las herramientas hidráulicas de rescate y abro al maldito. No repararemos este coche, así que tampoco importa—. Muy bien, empezando por el motor. —La llamo para que se me acerque—. Lo primero que hacemos es desconectar la batería y drenar los fluidos. —Le enseño cómo hacerlo y, todo el rato, su aroma invade mis fosas nasales, me recuerda cómo se sintió tenerla a mis espaldas en la Triumph, esos muslos separados detrás de mí, esos brazos envolviendo mi cintura con fuerza.

Quiero esas piernas abiertas de otra forma esta vez.

Pero detecto un aroma algo ácido de miedo, así que le doy espacio. Está nerviosa.

Me gusta nerviosa, y me gusta decirle qué hacer, pero hay una línea sutil que no quiero cruzar. Una cosa es alerta; estar realmente asustada es otra.

Ella no sabe lo que hace, y algunos tornillos de sujeción en las mangueras están demasiado duros para que los desatornille. La veo luchar con uno un rato antes de incorporarse y mirar por encima del hombro.

—¿Algo de ayuda? —Sonrío y me bajo del capó del viejo Mustang en el que estado trabajando para terminar el acabado—. Me estaba preguntando si me lo pedirías.

Ella emite un sonido molesto.

—Podrías haberte ofrecido.

—Estaba tomando el tiempo de cuánto lucharías sola. Tres minutos y cuarenta y ocho segundos. ¿Algo controladora?

Me acerco para tapar su pantomima de estar enojada y sorprendida. Ella intenta pasarme la llave, pero no la tomo. En vez de eso, cubro su mano y me coloco detrás de ella.

—Tu ángulo no era el correcto, eso es todo. —La atrapo entre mis dos brazos y me inclino hacia adelante, prácticamente la hago doblarse sobre el coche. Quiero frotar mi erección contra su trasero en forma de corazón, pero me resisto. Si lo hago, puede que no pueda contenerme. Además, eso realmente sería acoso. Y no estoy totalmente en contra, dependiendo de las circunstancias.

De nuevo, es una línea sutil.

Guío su mano para asegurar el tornillo en la llave de tubo. La verdad es que... no era el ángulo. Sólo no tiene la fuerza necesaria, pero quería poner mis brazos a su alrededor. Sentir su aroma de cerca. Mantenerla alerta y un poco excitada.

Está funcionando porque detecto el aroma de su excitación como un perfume embriagador.

Me marea.

Con un movimiento de mi muñeca, aflojo el tornillo y me alejo.

Siento los aromas del local y del aire otoñal, ya se calientan con el pasar de la mañana.

Intento alejar la cabeza.

—Gracias, —dice suavemente, sin voltear.

Maldita princesa de Cave Hills y su trasero perfecto que me tientan a cometer un gigantesco error de luna llena.

* * *

Sloane

. . .

Me pica la piel en todas partes. Todavía siento su calor en mi espalda, aunque se alejó. No sé qué pensar acerca de este tipo. Es un engreído, por supuesto.

Pero tan. Ardiente.

La última vez que estuvimos juntos, habría jurado que me odiaba; me transmitió tanto desdén y burla. Y eso todavía sigue presente hoy. Pero también se me está insinuando.

Me toca el cabello.

Moldea su cuerpo contra el mío para aflojar el tornillo, esas etiquetas de perro militar que lleva se chocan suave entre nosotros.

El gran tonto musculoso me afloja las rodillas.

Y no suelo estar loca por los chicos. De hecho, cuando me mudé a Cave Hills para vivir con mi tía y mi prima, les dije a todos que tenía un novio estable en casa sólo para sacarme de las opciones de cita. Después de que aparecieran los tipos de la mafia, se volvió incluso más importante no acercarse demasiado a nadie. Esos maníacos irán por quien sea.

No tengo tiempo para chicos. No cuando tengo que robar un coche cada un par de semanas para alimentar al monstruo de la mafia.

Además, acercarme a alguien sólo lo volvería un objetivo para ellos, como supe la semana pasada con la amenaza del idiota contra mi prima.

Me detengo y me limpio la frente. El aire se está poniendo caliente; octubre en Arizona se siente como un día de verano en Michigan. O quizá sólo esté caliente porque Músculos me haga cucharita desde atrás.

—¿Más duro de lo que imaginaste? —No es realmente una burla, así que respondo con honestidad.

—Sí. No sé si lo podría hacer sola. No si los tornillos están tan tensos.

Él inclina la cabeza.

—Seguro podrías pagarle cien dólares por hora a un tipo para aflojar tornillos.

—¿Te estás ofreciendo?

—Nop. Me mantendré bien alejado de todos los problemas que traes. Esa es la única razón por la que te estoy enseñando ahora, Piernas. Quiero que tus asuntos salgan de este local.

Eso no debería herir mis sentimientos. Es exactamente lo que yo también quiero. Pero la sensación conocida de no ser querida me pega de lleno en el pecho.

Siempre estoy intentando mostrar que valgo la pena. Mi mamá murió en mi parte, y aunque mi papá nunca lo dijo así, sé que me culpó. Así que trabajé duro para hacerlo feliz. Para no causar problemas. Para hacerlo creer que su muerte no fue para nada.

Pero nunca funcionó.

Y ahora también está muerto e intento ser invisible en la casa de mi tía. Intento compensar sus delitos con delitos míos.

Él inclina la cabeza, me observa, y tengo la sensación irritante de que ve mi dolor, aunque tengo una sensacional cara de póker.

Por supuesto, eso me enfada. Arrojo la llave de tubo en el aire y la agarro.

—¿Por qué no te luces un poco, Músculos, y aflojas los demás?

¿Quería que le pidiera ayuda? Lo haré.

Entre antes termine con esto y me aleje de su escrutinio, mejor. Estoy dudando mucho de mi habilidad para hacer esto yo sola; simplemente debería darme por vencida.

Él sonríe y toma la llave. En unos cinco segundos, afloja todos los tornillos y deja la llave de tubo. Luego, quita las mangueras y drena los fluidos en una cacerola que pone debajo.

—Ey, princesa, ve a vaciar esto en el barril que está adentro. —Me arroja la cacerola de fluidos.

Intento no mostrar mi asco por tocar la cacerola con grasa y mi miedo de que se me caiga encima.

Tal vez soy una princesa en serio.

Tomo la cacerola chorreando de forma alegre y la sostengo lejos de mí para entrar.

Cuando regreso, el coche está subido a los soportes del gato.

Lo que no tiene sentido.

No lo escuché encender el motor; diablos, sé que esta cosa no funciona o no la habría traído con grúa hasta aquí.

—¿Cómo subiste el coche allí?

—Lo empujé.

Espectacular. Eso definitivamente me calienta y me molesta. Puede que este tipo todavía esté en la secundaria, pero es tan hombre como puede serlo. O sea, mide más de uno ochenta de músculo sólido, sabe bien cómo tratar un coche y parece que puede empujarlo solo en su garaje con total facilidad.

Me cosquillea el cuerpo con alguna reacción primitiva a su habilidad física. Como si la chica de la cueva que hay en mí se acabara de dar cuenta de que sería la mejor opción de pareja. No sólo tendríamos bebés hermosos (aunque una chica de cueva no piensa eso), sino que podría vencer a nuestros depredadores con un garrote y asegurarse de que pasáramos el invierno.

—¿Eso te emocionó?

Me río, pero observo su rostro. De nuevo, no creí estar mostrando nada en mi expresión.

Resulta que no fue mi expresión lo que me delató.

Bo está mirando fijo los puntos gemelos que son mis pezones, asomándose por mi sostén deportivo y camiseta.

Cruzo los brazos sobre mi pecho.

—Como si fuera posible. Escucha, creo que tienes razón. Esto es más de lo que puedo hacer yo sola. ¿Y si te pago por hora y dejo de molestarte?

Él camina hacia mí. Tiene esta forma casual de moverse. Es extraño ver a un tipo tan grande moverse con tanta gracia y facilidad.

—Bueno. —Si no conociera mejor la situación, diría que suena decepcionado—. Aceptaré tu dinero. ¿Cómo llegarás a casa?

Planeaba totalmente pedirme un Uber. Realmente era así.

Ni siquiera sé que me sucede cuando levanto el rostro y empiezo a coquetear.

—¿Tienes ganas de conducir hasta Cave Hills?

Toma el billete de cien dólares de entre mis dedos y tengo la sensación de que es mucho dinero para él.

No es que no lo sea para mí, pero he estado lidiando con enormes déficits y pagos grandes. Me estoy acostumbrando a manejar importantes cantidades de efectivo.

Dicho como una verdadera criminal.

—Te saldrá caro, —me dice. Creo que me pedirá más dinero, pero me sorprende hablando en serio—. Lleva tu coche a otro sitio, Piernas. No podemos con este tipo de problemas aquí. Mi hermano se hace el rudo, pero está metido hasta el cuello y supongo que tú también. Así que después de este, te retiras. O encuentras otro mecánico. Simplemente no regreses. ¿Entendido?

Por alguna razón, no puedo respirar cuando está parado tan cerca. No me está amenazando, pero casi que preferiría que me gruña a que me lo pida honestamente. Y de nuevo tengo una sensación de rechazo, lo que es totalmente estúpido.

—Suena a que un Uber sería más barato.

Él inclina la cabeza hacia un costado.

—Sí, pensé que dirías eso. Sube a la moto, Piernas.

No sé por qué el apodo estúpido empieza a gustarme. Es totalmente ofensivo referirse a una mujer por una parte de su cuerpo. Pero mi pecho se siente bien cuando lo dice, como si celebrara el hecho de que me ha dado un apodo.

Es completamente ridículo.

También estoy celebrando que me lleve a casa. Lo que es incluso más ridículo. Sentirme atraída por un tipo que piensa tan poco de mí es un problema. Un completo error.

Así que emocionarme por estar acurrucada detrás de él en su moto de chico malo es un error aún peor, pero aquí estoy, haciendo exactamente lo que dijo. Me subo a su moto y me pongo el casco mientras lo miro cerrar el local.

Y no debería emocionarme tanto imaginando que soy tan especial porque cerró el taller de Wolf Ridge durante la jornada para llevarme a casa, pero así es.

Me bajo de la moto para darle lugar a que se suba y luego paso una pierna sobre el asiento para ponerme detrás de él. Tiene la audacia de chocar mi muslo como si yo fuera su caballo antes de encender la motocicleta y salir disparado del estacionamiento.

Respiro y me pego a él; mi cuerpo es un cable de tensión vivo y emocionado.

Como si este paseo fuera a terminar en algo más que en bajarme y caminar hasta mi casa.

Como si este paseo significara algo en absoluto.

Como si conocer a Bo Fenton no fuera lo único iluminado en esta nuble de oscuridad que me ha cubierto desde que mi papá fue a prisión.

Dios, necesito pensar claro. Tengo que juntar el dinero para seis lingotes de oro, cuanto sea eso, o mi prima y yo seremos vendidas a unos perversos enfermos con cuentas bancarias que tienen el porno de tortura como pasatiempo. No es momento para enamorarme de un idiota engreído que me trata como la mierda y conduce una moto como un sueño.

Capítulo cuatro

Tres semanas más tarde

Bo

El día en que todo se va a la mierda, no te despiertas pensando, *Hoy cambiará toda mi vida.*

Las llantas del alguacil Gleason chillan cuando llega al estacionamiento de la escuela, se baja y corre a encontrarse con el Entrenador al lado de la cancha.

—¡Fenton! —El entrenador pone toda su autoridad de lobo en la voz cuando grita mi nombre durante la práctica. Está parado con el alguacil al lado de la cancha, y una ola de aprensión me invade.

Me quito el casco y me acerco.

—Entra al coche, —exige el alguacil.

—¿Por qué?

El entrenador está a mi lado, su gran palma sobre mi nuca como advertencia.

—Es Winslow.

—Mierda.

¿Saben cómo dicen que el tiempo se detiene en momentos de crisis?

Bueno, fue así, pero lo opuesto. El tiempo se aceleró. O simplemente desapareció, no lo sé. El mundo parece girar a mi alrededor, pero no puedo comprenderlo.

El alguacil Gleason está aquí. El entrenador me sostiene con tanta fuerza y debería ser un ancla, pero me está haciendo entrar al coche de policía. No quiero entrar. Sé que Winslow está en problema, ¿pero por qué me están apresando a mí? Pero no pregunto los millones de dudas que pasan por mi mente. Me subo a la parte de atrás del patrullero. Se cierra de un portazo. El alguacil Gleason me lleva a su oficina, donde mi mamá y mi tío Greg están sentados esperando, parece que murió alguien.

—¿Qué sucede? —Exijo saber—. ¿Qué pasó?

—A tu hermano hoy lo atrapó un policía humano vendiendo un vehículo robado, hijo —dice el alguacil Gleason—. Se resistió al arresto.

—¡Y le dispararon! —grita mi mamá, con lágrimas que caen por su rostro.

Mi mirada vuela hacia el alguacil para verificarlo y él asiente.

—Pensaron que estaba sacando un arma. Le dispararon, pero igual escapó. Lo que significa que probablemente esté bien.

—¿Cómo lo sabemos? ¿Y si le dispararon en la cabeza? —grita mi mamá.

—Entonces hubiéramos encontrado un cuerpo, —razona el alguacil Gleason. Y aunque su lógica es fuerte, mencionar la palabra *cuerpo* ante una madre fue un error porque ella empieza a llorar de nuevo.

Winslow es un transformista, como todos en esta habitación, lo que significa que hay muchas chances de que esté bien. Es probable que se transformara para quitarse la bala, acelerar su sanación y correr hacia las montañas. Mi mamá lo sabe, pero igual tiene estrés postraumático por la muerte de mi padre y este tipo de mierda la angustia.

Me acerco a ella y se para para tirarse sobre mí.

La envuelvo en mis brazos y aprieto. Ella mide treinta centímetros menos que yo y es delgada por el trabajo duro y el dolor de vivir tras la pérdida de su pareja.

Beso la parte superior de su cabeza.

—Todo estará bien, mamá. Winslow está bien.

Mi mamá me aleja.

—¿Sabes algo? —Usa su voz de mamá loba más feroz y yo doy un paso atrás.

No quiero mentir.

Definitivamente no quiero mentir.

Pero como dije antes, no traicionaré a Winslow con los ancianos de la manada, lo que significa mi mamá, mi bisabuelo y el alguacil.

Y el maldito alfa.

Casi gruño cuando entra el Alfa Green, con ojos estrechos, su cuerpo envejecido irradiando poder. Calmo el escalofrío involuntario que recorre mi cuerpo por estar en su presencia.

—Alfa Green, —murmuro y mantengo los ojos abajo y la garganta expuesta.

—Todos a mi oficina, —ordena el alguacil Gleason.

Mi mamá me mira sintiendo pura traición mientras entramos y mi estómago baja hasta mis zapatos.

La oficina del alguacil Gleason se siente demasiado pequeña para todos nosotros; sobre todo por la pura fuerza de voluntad del Alfa Green que llena este lugar. Además, él y el alguacil son tipos grandes, y yo casi crecí totalmente.

Mi tío Greg luce viejo, tan viejo, mientras frota una mano sobre su barba casi gris.

Mi mamá parece estar destruida y esa es la parte que me mata. Me hace querer destrozar la habitación. Como si eso fuera de ayuda.

Un silencio desciende y todos se concentran en el alfa. Quien se concentra en mí.

Trago saliva.

—¿Qué sabes de esto, Bo?

Mierda. Tiene una impresionante habilidad para infundir miedo. Es algún tipo de biología primitiva de la manada. Él me mira, yo tiemblo.

Puedo pensar que soy un hombre grande. Puedo asustar mucho a los pequeños jugadores de fútbol de otros equipos. Pero aquí dentro, soy sólo un niño. No tengo poder y apenas voluntad propia.

Intento decir la verdad. Niego con la cabeza de forma lenta y temblorosa y digo,

—No fue parte de eso.

—¡Será mejor que no hayas sido parte de eso! —escupe mi madre mientras mi tío gruñe,

—Así es, maldición.

—Esa no fue la pregunta, hijo, —señala el alguacil.

Maldición, los temblores. No puedo ocultarlo; todos los lobos presentes olerán mi miedo.

—Lo sospechaba, —digo. De nuevo, no es mentira. Nadie me confirmó o me negó la operación. Miro a mi tío—. El Porsche. Y el Mercedes.

—Sí, —dice de forma cortante mi tío Greg—. Eso pensé.

—¿Está robando coche? —exige saber el alguacil.

Respiro, luego me encojo de hombros.

—No lo creo, —murmuro. Cubrir a Winslow ha sido parte de mi modus operandi desde que era bebé. Pero no sé por qué estoy tan decidido a no revelar la participación de Sloane.

—¿Entonces quién? —Quiere saber el Alfa Green.

Esta es la parte difícil, maldición. La parte imposible. Mi voluntad contra la voluntad del alfa.

Bajo la mirada y froto la parte superior de mis enormes Nike rojas contra el piso.

—No lo sé, —miento.

Levanto la mirada y observo cuatro rostros sospechosos. Estoy seguro de que piensan que fue Ben Thomasson, el amigo de mi hermano que es mala influencia y que ha estado creando problemas desde el comienzo de los tiempos. O alguna banda criminal humana.

—*Dime todo lo que sepas sobre esto, ahora mismo,* —exige saber el Alfa Green con su poder alfa. La agresión me golpea en el centro del pecho. Nadie se mueve, pero siento que me dio en el esternón y me empujó contra mi asiento. No sólo del alfa; viene de todos los lobos machos de la habitación.

Sólo mi mamá me mira con confianza que brilla en sus ojos.

Ella siempre creyó en mí. Siempre tuvo esperanzas de que tuviera éxito. Por eso quiere que vaya a la universidad. Que avance en la manada.

Me aclaro la voz ronca.

—No sé nada, señor. Como dije, lo sospeché, pero Winslow me mantuvo al margen a propósito. Me dijo que me ocupara de mis asuntos cuando se lo mencioné.

El Alfa Green me clava la mirada tanto que se siente como un gran puñetazo. Sabe que no estoy diciendo algo y está realmente enfadado.

—Bueno, si te contactas con Winslow, dale mi mensaje:

necesita ir al consejo en las próximas veinticuatro horas o será desterrado.

Mi mamá se ahoga con un sollozo.

Y está desterrado es probablemente lo correcto. Estoy seguro de que la resolución del consejo sería que se entregue o que sería desterrado de todas formas.

—Se lo diré, señor. Si sé algo de él.

El Alfa Green todavía tiene una mirada asesina.

—Bo, si *alguna vez* me entero de que formaste parte de esta operación o si te vuelves parte de esta operación, hijo...

—No lo soy. No lo haré. Lo juro por el destino, —interrumpo.

Él levanta el mentón.

—Ve.

Me paro. Nadie más se mueve, así que supongo que soy el único con permiso. O que los adultos discutirán mi caso cuando me vaya. Mierda.

Salgo. Mi moto sigue en la escuela, así que le envío un mensaje a Wilde para que me recoja. Él y otros alfa-diotas me están explotando el teléfono para saber qué sucedió.

Cuando estoy parado aquí, mi mente da vueltas sobre qué hacer.

Y todos mis pensamientos se centran en Sloane. Esa perra de Cave Hills que causó toda esta mierda. Iré allí *ahora mismo, maldición* para hablar con ella.

Un par de palabras.

Austin, Wilde y Slade llegan en el Jeep de Wilde y me hacen entrar sin detenerse.

Cole no está con ellos, probablemente porque sólo piensa en Bailey ahora mismo y así ha sido desde que corrimos con la luna llena y el idiota de mi hermano y sus amigos la acorralaron y la atacaron y tuvimos que pelearnos con ellos, *en forma de lobo.*

Lo que significa que sabe qué somos.

Honestamente no sé cómo manejará Cole esta situación con el alfa, pero hasta ahora ninguno de nosotros ha dicho una palabra. Ni Winslow y sus amigos porque estuvieron mal. Y nosotros definitivamente no.

Literalmente he sido mejores amigos con estos tipos desde que nací. Son más mis hermanos en términos de apoyarme que lo que podría serlo Winslow. De hecho, la mayor parte del tiempo, hemos sido nosotros contra Winslow y sus amigos, quienes son un caos total.

—¿Qué pasó? —Exige saber Wilde de inmediato.

—Maldito Winslow. Le dispararon policías humanos cuando intentaba vender un coche robado. Supongo que pensaron que sacaría un arma.

Austin silba.

—¿Dónde está?

—No sé. Huyó. Asumimos que está bien. Si le hubieran dado en la cabeza, los policías lo habrían encontrado. A menos que sea una bala de plata, no detendrá a un lobo. No a menos que le vuelen los sesos. Ni siquiera un lobo puede recuperarse de esa mierda.

Me doy cuenta de que Wilde conduce hacia mi casa.

—Espera. Llévame de regreso a la escuela. Tengo que buscar mi mochila y mi moto.

—¿Seguro? Puedo llevarte a la escuela mañana.

—Seguro. Necesito mi moto ahora. Tengo que hacer algo. ¿Y ustedes chicos? Puede que mañana no vaya al colegio, pero cúbranme y díganle al entrenador que llegaré al partido, si me deja jugar.

Tengo un plan semi-preparado sobre cómo arreglar esta mierda. Incluye meterme tanto en los negocios de Sloane que se arrepentirá del día en que pisó Wolf Ridge.

—Te dejará jugar, —promete Wilde, aunque sería una

violación de las reglas del distrito. Tienes que asistir al colegio ese día si quieres participar en cualquier evento deportivo.

Wilde llega al estacionamiento de la escuela y estaciona junto a mi moto.

—Gracias, —le digo, ya saliendo.

—¿Irás tras la chica? —Me llama Wilde. Porque los verdaderos amigos saben en qué andas antes de que lo hagas.

—Sip.

—¡Hazla sufrir! —Grita Austin con una sonrisa.

—Ah, lo haré.

Iré por ti, Piernas.

Y tendrás que afrontar las consecuencias.

* * *

Sloane

Gano el primer puesto en el amistoso de campo traviesa de Cave Hills y troto para enfriarme antes de volver a alentar a mis compañeras. Ya pasó la hora de la cena y mi estómago empieza a quejarse mientras el atardecer pinta las rocas rugosas de Wolf Ridge de rosa y violeta.

Esta es mi hora preferida del día en Arizona. No hay nada parecido a la forma en la que brilla la montaña.

Pero la paz no es real. Siempre tengo esa sensación de robar el momento. Como si no mereciera disfrutar de atardeceres ni montañas ni nada acerca de mi vida en Arizona.

El encuentro finalmente acaba y nos dirigimos a los vestuarios, ahora todos se arrastran. Veo la gran silueta inclinada contra el edificio, pero él no me despierta mis alarmas. No es uno de los italianos que enviaron a molestarme; los espero en un par de días. Parece un jugador de fútbol.

No es hasta que empieza a moverse hacia mí que me doy cuenta *cuál* jugador de fútbol. No es uno de mi escuela.

Bo. Y viene hacia mí como si estuviera enfadado.

Volteo para esquivarlo. Lo último que necesito es que me diga algo frente a mis compañeros de equipo.

Él me sigue; quiero decir está justo detrás de mí. Como en mi espacio, su pecho gigante y musculoso casi se choca contra mí antes de que se detenga.

—Qué. Sucedió. —Su voz es grave y malvada. Es una acusación.

Me invade un escalofrío.

—No lo sé. —Observo su rostro—. Dímelo tú.

La tensión irradia de sus hombros, un músculo se tensa en su mandíbula.

—Los policías le dispararon a mi hermano, eso pasó. Cuando intentaba vender tu coche. ¿Supongo que no estabas allí?

Más escalofríos me recorren.

—¿Él está... está bien? ¿Sobrevivió?

Bo se encoje de hombros.

—Se ha ido. Se escapó. ¿No supiste nada de él?

Niego con la cabeza.

—¿Por qué sabría algo de él?

—Son colegas, ¿verdad? Tú robas el coche, ¿él consigue el título?

Es estúpido no confirmar a estas alturas lo que ya sabe, pero mantengo una expresión inmutable.

Él maldice y mira hacia otra parte con las manos hechas puños. Doy un paso atrás. No creo que sea peligroso, pero el tipo es gigante y su ira lo hace intimidante.

Cuando me devuelve la mirada, sus ojos lucen más plateados que azules, un raro efecto de la luz.

—Estoy pegado a ti, Piernas. Adonde vayas, iré. Hasta que aparezca Winslow. ¿Entendido?

Levanto las manos en el aire.

—No estoy escondiendo a tu hermano, Bo. No vendrá a buscarme. No tengo dinero; se suponía que *él* iba a conseguirlo. Ahora ambos estamos jodidos.

El escrutinio de Bo se profundiza.

—¿Por qué estás jodida, Piernas? —Su voz es suave y peligrosa.

Un ardor sube por mi cuello. Por un milisegundo, quiero decirle. Todo. Quiero decirle a otro ser humano, así no estoy sola en esto.

Pero tengo que mantenerme sola o también me hundiré en este barco.

Él se acerca y toma mi brazo; me agarra de una forma alentadora más que fría.

Me obligo a encogerme de hombros levemente.

—No hay coche. No hay dinero. —Volteo para irme antes de que pueda husmear más, pero él sostiene mi brazo y me hace volver a mirarlo, reboto contra su pecho tan sólido. Las etiquetas de perro que lleva se mueven con el impacto. Él pone su otro brazo detrás de mi espalda para que yo no pierda el equilibrio y, por un segundo, ambos quedamos mirándonos a los ojos. Los suyos siguen brillando de color plateado. Son hermosos. Realmente es un espécimen masculino espectacular.

Samantha y Teri, mis amigas del equipo, eligen este momento comprometedor para acercarse.

—No me dijiste que vendría Tyler de visita, —celebra Samantha.

Empujo a Bo más fuerte de lo necesario porque elige ese

momento para soltarme. Una vez más, pierdo el equilibrio. Rápido como un rayo, su mano toma mi codo y me sostiene.

—Oh, ah... —tartamudeo.

—¿Él es Tyler? —Pregunta Teri con alegría y le ofrece la mano. Ambas compañeras miran fijo a Bo, lo que es entendible, pero entendieron todo mal—. ¡Es tan bueno finalmente conocer al novio a distancia! Nos contó todo sobre ti. ¿Volaste hasta aquí para llevarla al baile de bienvenida?

Suelo ser rápida con las mentiras o excusas, pero por alguna razón, toda esta escena me desconcentra. Que asumieran que Bo es el novio que inventé para que todo fuera simple hace que mis mejillas se pongan rojas y sensibles.

Espero que lo niegue rotundamente, pero antes de saber qué sucede, Bo pasa un brazo alrededor de mi cintura desde atrás y me lleva bien contra su cuerpo. Hay agresión en el movimiento. Como si estuviera enojado por algo. ¿Que tengo novio?

—Por supuesto, volé hasta aquí por el baile de bienvenida, —ronronea en mi oído; la burla en su voz me hace sonrojarme más—. No me lo perdería por nada en el mundo.

—Aw, eso es tan dulce, —dice Teri y mira a Bo con cariño—. Ustedes dos lucirán geniales.

Samantha me mira.

—¿Fue una visita sorpresa? Pensé que habías dicho que no podías ir.

Bo me acaricia y se acurruca contra mi cuello.

—Sip. La sorprendí. Y no puedo esperar llevarla al baile. —Sus labios rozan mi oreja.

Lo odio. Tuve un segundo para decir que no era Tyler y me lo perdí. Quizás estaba distraída por lo fuerte que se siente su brazo a mi alrededor. O su limpio aroma masculino. O fingiendo, sólo por un momento, que era mi novio imaginario.

Pero ahora estoy jodida.

Porque tiene las manos sobre mí y me está torturando a propósito. Hay un elemento de burla en cada palabra que dice. Como si la idea de ser mi novio fuera tan estúpida y ridícula y estuviera exprimiendo el momento tanto como pudiera.

Hasta llegar a un remate malévolo.

O alejarme con un empujón.

O hacer que me acalore y me enfade y reírse del poder que tiene sobre mí.

Porque el poder está afectando mi cuerpo como una droga potente. El calor me hace cosquillas en donde sea que me toque. Mi vagina se tensa. Le pego en las costillas para liberarme, pero él me hace cosquillas como si fuera uno de nuestros juegos.

—Para, —me retuerzo para alejarme de él, enojada de que me haga reírme contra mi voluntad. Hacer cosquillas debería estar prohibido por la ley en todos los países.

—Ey, fue lindo conocerlas a ambas, —dice Bo, entrelazando sus dedos firmemente con los míos y llevándome hacia el estacionamiento.

Me detengo e intento alejar la mano.

—Mis cosas siguen adentro, —digo.

—Ah, bueno. —Me suelta, pero cruza los brazos sobre su gran pecho—. Esperaré.

—No, en serio. —Finjo una sonrisa—. Vete a casa. Tengo mi bici aquí y tengo que ir en ella.

—Bueno, —dice con su tono de *si-tú-lo-dices*—. Entonces te veré en casa. —Levanta las cejas. Es tan sensual, aunque me hace querer golpearlo en la garganta.

Mi sonrisa falsa se vuelve más débil.

—Adiós entonces.

Él levanta los dedos y saluda como una niña.

—Adiós, dulzura.

Pongo los ojos en blanco y volteo.

—Está siendo un idiota, —les digo a Samantha y a Teri—. No me dice dulzura.

Él no me dice nada.

A menos que *Piernas* o *princesa* cuenten, pero no son tantos nombres cariñosos sino más bien apodos que me denigran.

Dulzura.

Qué idiota. Realmente no me cansaría de golpearlo.

* * *

Bo

No sé quién carajos es Tyler, pero el alfa en mí quiere hacerlo pedazos. Después de vencerlo en todos los ámbitos posibles.

Como si los humanos pudieran competir con nuestros juegos transformistas. Entonces serían juegos de citas. La necesidad de probar que es inferior a mí en todo sentido recorre por mi cuerpo mientras me acerco a la Triumph y paso la pierna por encima del asiento.

Maldito novio humano.

Apuesto a que besa muy mal.

Veinte dólares a que nunca acabó con él. No sé cuáles son las estadísticas, pero creo que es difícil hacer que una humana llegue al orgasmo en el sexo. No recuerdo dónde escuché eso, quizá del entrenador. Creo que nos daba consejos sobre pasar tiempo intentando resolver ese acertijo.

Asegurarnos de que acabe cada vez que lo hacemos nosotros.

Enciendo mi motocicleta y voy camino a la casa de Sloan, paro en un In-N-Out Burger para devorar tres hamburguesas y dos paquetes de papas fritas. Cuando llego a su casa adosada, estaciono la moto a una calle y camino, me mantengo en la sombra. Ha caído la noche y la luna llena del fin de semana pasada está menguando. Al menos no estaré desbordado junto a la humana.

No, sólo estoy aquí para hacerla sufrir por lo que le sucedió a Winslow. Deberían haberla atrapado a ella. Sloane es la maldita ladrona de coches. Esta es su estúpida operación. Si nunca hubiera mostrado su hermoso rostro por Wolf Ridge, todavía tendría un hermano mayor que sea el hombre de la casa. Que se encargue de mamá y del taller de nuestro tío bisabuelo.

Ahora todo recae sobre mí.

El sueño de mi mamá de que obtenga una beca para la universidad y me vaya de Wolf Ridge murió hoy.

Gracias a Sloane.

Le escribo a mi mamá, *Pasaré la noche en lo de Austin. Tenemos que terminar un proyecto importante y tengo que trabajar hasta tarde.* A mi mamá no le gustará, no con la situación de duelo de Winslow, pero Austin es el chico bueno del grupo. Su papá es doctor y un anciano de la manada. Mi mamá no se preocupará por mí si piensa que estoy con él.

También le envío un mensaje a Austin para que me cubra, de ser necesario.

Juraría que a veces pienso que mi vida resultó ser cincuenta veces mejor que la de Winslow por los amigos que tengo. Tuve suerte, Austin y Wilde son de la realeza de la manada. Cole solía serlo antes de que su mamá se fuera con nuestro profesor de matemáticas y su papá empezara a beber. Slade y yo por algún motivo terminamos con los chicos buenos, lo que significa que tomamos buenas decisiones: protegemos a las mujeres, somos mentores de los lobos más jóvenes. Puede que seamos idiotas, pero igual somos buenos chicos.

¿Winslow y su manada de amigos? Siempre causaron problemas. Son de quienes protegemos a las mujeres. Los que se meten en accidentes por conducir ebrios o embarazan a humanas mientras están en la secundaria.

Winslow no tuvo buenos modelos a seguir. Además, era más grande cuando murió papá; lo hizo rebelarse en la adolescencia. No sé cómo saldrá del lío en el que se metió esta vez, pero me siento obligado a ayudar. Aunque no lo pida.

Doy vueltas alrededor de la casa adosada, observo.

Sloane está en casa; su aroma se siente fresco cerca del garaje. Las luces están encendidas en las habitaciones de arriba. Una de las habitaciones está justo encima del techo del porche, lo que le da un fácil acceso a cualquiera que sepa trepar.

Como yo.

No es que trepe regularmente, pero cualquier actividad física me resulta fácil. Soy un atleta transformista en su mejor momento. Salto, me sostengo del alerón con la punta de los dedos y subo una pierna, luego la otra. El mayor problema es mantener silencio mientras me acerco a la ventana. A mi derecha, puedo ver a través de las cortinas de la otra ventana que no es accesible desde el techo.

Una pequeña figura está sentada en la cama: una preadolescente. No Sloane.

¿Su hermanita, quizás?

Me acerco a la otra ventana y miro entre un espacio en la cortina.

Bingo.

Sloane se mueve por la habitación; ay, mierda. Me quedo sin aire. Se está quitando la ropa.

Si fuera más pendejo, me quedaría y vería el espectáculo. Tiene unas tetas magníficas debajo de ese sostén deportivo, simplemente lo sé. Pero está a punto de quitarse los pantalones cortos y no se siente correcto seguir siendo un pervertido.

Toco ligeramente la ventana.

Un perro ladra desde la otra habitación; ladra como un sistema de cinco alarmas. Corre por la habitación hacia lo que parece ser un baño (debe conectar las dos habitaciones) y se acerca directo a la ventana.

Perro inteligente.

Hermoso también. Un golden retriever.

Dejo que el lobo en mí salga a la superficie y transmita dominancia a través de la ventana. No es algo que aprendas. Es algo que tienes o no. Lo que hace a un lobo más alfa que otro. Es una energía que sale cuando necesitas que tu voluntad esté por encima de la que otro.

El perro instantáneamente deja de ladrar y llora.

Sloane mueve la cortina, sus ojos se agrandan. Para darle crédito, no grita.

Me llevo un dedo a la boca y señalo la ventana.

—Déjame entrar, —gesticulo.

Ella niega con la cabeza.

Frunzo el ceño y exagero la mirada de desaprobación en mi expresión.

—Ahora, Piernas.

El perro vuelve a llorar. Debo haber enviado otra señal de dominancia.

Parece que también funciona con humanos porque Sloane quita la traba de la ventana y la arrastra a un lado.

—¿Qué estás haciendo aquí? —susurra-grita.

Entro por la ventana; me agacho para no golpearme la cabeza.

—Te lo dije, princesa. Uña y carne.

—Me dijiste pegamento, pero como sea. No puedes estar aquí. ¿Y qué le hiciste a Sophie?

La perra está totalmente sumisa, con la cola metida entre las piernas, la cabeza gacha, la nariz en el sueño.

—Buena chica, Soph, —digo y ella vuelve a incorporarse, mueve la cola. La recompenso acariciando su rostro y orejas y dando golpecitos en su cuerpo. Es una dulce mascota.

Los lobos no solemos tener perros, o gatos tampoco, pero puedo ver el atractivo.

—No puedes estar aquí, Bo. Esta ni siquiera es mi casa. ¿Lo sabes?

Freno para observarla. No lleva más que su sostén deportivo y pantalones cortos de correr, luce realmente sensual. Su abdomen desnudo es plano y tiene otro lunar oscuro que hace juego con el que está en su rostro. Definitivamente es una marca de belleza.

Pero ahora me doy cuenta de que es demasiado delgada. O quizás sólo estoy viendo el efecto del estrés en su cuerpo. Estrés que supe que tenía que estar allí, pero que escondió de mí antes.

—¿De quién es la casa? —Mantengo la voz baja; lo hice desde el principio.

—Es de mi tía. Y no te dejaré arruinar lo que sea que sea esto.

Me quedo en el borde de su escritorio y cruzo un tobillo sobre el otro de forma casual.

—¿Entonces qué harás?

—La desafío.

Realmente me gusta el rubor que sube por su cuello y mancha sus mejillas cuando probablemente se da cuenta de que físicamente no puede hacerme mover de ninguna forma.

—Gritaré.

Niego con la cabeza.

—Primero que nada, ambos sabemos que eso no sucederá, Piernas. Mantendrás la boca cerrara y tolerarás mi presencia en tu vida hasta que decida que no vale la pena seguirte. ¿Sabes por qué?

Sus labios son una fina línea.

—Respóndeme, Piernas.

Sus fosas nasales se agrandan.

—¿Por qué? —dice entre dientes.

—Porque ahora soy tu dueño. Si haces sonar cualquier alarma, contaré todo lo que sé sobre ti, princesa. Sobre el Porsche. Y el Mercedes. Y tus tratos con mi hermano. Cantaré mi canción como un pajarito a todos los policías de la ciudad. Y terminarás en la cárcel, en donde realmente perteneces.

Ella tiene la audacia de mover la cadera y arrojar su cabello hacia atrás.

—Bueno, soy menor, así que la prisión es cuestionable.

Mala jugada, corazón.

¿La vida de mi hermano se acaba de arruinar y ella me dirá esa mierda?

Claro que no.

Me bajo del escritorio y avanzo contra ella.

Creo que se da cuenta de inmediato de que fue demasiado lejos, pero justo entonces la voz de una mujer grita,

—¡Sloane, Rikki! La cena está lista.

—¡Ya voy! —Grita Sloane de inmediato. Ella toma una camiseta del piso y se la pone por encima de la cabeza mientras mantiene contacto visual conmigo.

Dejo de avanzar, pero la tensión recorre el espacio entre nosotros; la agresión irradia desde mí hacia ella, un empujón repelente, como un imán que está del lado equivocado, empujado hacia mí.

Pero ella no se rinde fácil, le daré eso.

No es una cosita sumisa, esta chica.

No, es valiente y fuerte con el corazón de una guerrera. Qué mal que no sea loba. Qué mal que estemos de lados opuestos.

—Será mejor que te hayas ido cuando regrese, —dice con una mano en el picaporte.

—Sigue soñando, Piernas. Estaré justo aquí. —Muevo las cejas—. Esperándote.

Ella me muestra el dedo mientras cierra la puerta.

Lindo. Es muy linda, maldición. La gente hermosa se sale con la suya mucho más que la gente común. Mi mamá solía decirme eso como advertencia. *Te saldrás con la tuya porque eres tan apuesto. No lo uses para hacerle mal a la gente. No trates mal a las chicas, Bo.*

Entre ella y el entrenador, me taladraron eso del respeto por las mujeres. Qué mal que no me quedó.

Porque me siento extremadamente irrespetuoso hacia Sloane ahora mismo.

Ni bien se haya ido, buscaré en su habitación. Descubriré sus secretos.

Porque sé que esta chica esconde más secretos que el confesionario de un sacerdote. Y los quiero todos.

Vive con su tía.

¿Por qué?

Necesita dinero, mucho. Otra vez, ¿por qué?

¿Quién la acorraló contra una pared? Por qué tiene miedo de arruinar las cosas, como si no pensara que pertenece aquí o algo así. ¿Se escapó de casa? ¿Era problemática entonces?

¿Pero por qué dejó a su preciado Tyler?

Entonces la echaron.

¿Pero por qué necesita dinero?

Quizás haya alguien enfermo. Incluso muriendo. Un padre que no puede encargarse de ella, pero ella siente que necesita juntar dinero para ocuparse. Quizá sean enormes gastos médicos.

No lo sé. Son todas hipótesis.

La habitación no tiene mucho, en cuanto a secretos.

El tablero está vacío a excepción de la reunión agendada de campo traviesa. El escritorio sólo tiene cosas escolares: lápices, borradores, bolígrafos, libros de texto, cuadernos. Nada interesante.

Busco en su mochila y abro su billetera. Todavía tiene un fajo de billetes allí. Lo cuento: cuatrocientos cincuenta. No es un montón, considerando lo que debe haber ganado con el trato del Porsche. ¿Adónde se fue el resto?

Reviso su identificación. No es una licencia de conducir de Arizona. Es de Michigan. Grosse Pointe. Y su cumpleaños número dieciocho es este sábado. Puede que haya sido menor cuando robó los últimos dos coches, pero el próximo tendría cargos y penas de adulto.

Y esa idea me hace apretar los dientes.

A pesar de todo, a pesar del hecho de que cause problemas y de que haya jodido la vida de mi hermano y de que mi mamá y yo no podamos volver a verlo, no quiero que vaya a la cárcel. No quiero que sufra ninguna consecuencia peor de las que le ocasione yo.

Y sí quiero que esté a salvo.

Lo que implica averiguar por qué se interesa en coches.

No es que crea que se trata de eso. No, está robando por una razón y pienso descubrir cuál es.

Reviso sus cajones.

Voy más lento.

No porque encuentre algo, sólo porque se me pone dura de pensar en ella sin bragas. Y con ellas. Abro cajones hasta encontrar su ropa interior. Algunas son aburridas. Mierdas prácticas de algodón y corte de bikini. Las bragas que usa para correr.

Pero también están las lindas.

Para *Tyler*.

Maldito Tyler, a quien golpearé hasta el cansancio.

Ese bastardo humano y débil.

Ella tiene algunas bragas de encaje. De seda. Una tanga que me provoca una erección total.

Y entonces lo encuentro: su vibrador.

Es una locura lo que me produce.

Un escalofrío de emoción recorre todo mi cuerpo. Estoy más duro que el mármol ahora mismo y no parece que pueda calmarme.

No hay nada particularmente elegante acerca del vibrador. Es un falo básico y simple con una punta redondeada que da contra el punto G.

¿Lo toca? ¿Sabe cómo hacerlo? ¿O es una de esas chicas que tiene problemas llegando al orgasmo y no puede hallar los botones mágicos?

Los encontraré por ella, maldición.

Le mostraré exactamente lo que sabe este lobo sobre complacer a una adolescente humana. Gané bastante experiencia el año pasado haciéndoselo fuerte a una porrista por tres meses.

Me siento en la silla de su escritorio y enciendo y apago

el vibrador. Cada vez que cobra vida, mi miembro se lanza contra mis vaqueros.

Cada vez que se apaga, hago que baje.

Me lo pondría en las bolas para saber cómo se siente, pero estoy bastante seguro de que acabaría sobre mis pantalones.

La luna ni siquiera sigue estando llena y yo todavía estoy a una caricia de llegar al orgasmo. Eso es lo que me hace esta humana.

Contengo el rugido en mi pecho. Me obligo a no pensar en su novio.

El maldito novio.

¿Cómo puede tener novio?

El idiota de Grosse Pointe definitivamente no se merece a una chica tan linda. Simplemente no se la merece. Sé que no.

Las chicas como ella son una en mil. Quizás en un millón. Inteligente. Atlética. Hermosa. Fuerte. Bien traviesa. ¿Qué alumna de secundaria empieza sola su negocio de robo de coches?

Es una locura.

Vuelvo a revisar su mochila buscando su teléfono y me pregunto por qué no se me ocurrió antes.

No está allí. ¿Lo tiene encima? No, imposible. Todo lo que llevaba eran esos finos pantalones cortos de correr. Habría visto un teléfono asomándose de su bolsillo si lo hubiera tenido.

¿Entonces dónde?

Lo veo conectado junto a su mesita de luz y me arrojo sobre él. Recorro sus contactos buscando un Tyler.

No está allí, maldición.

¿Cómo lo llamaría?

Mientras puedo, bajo una aplicación para rastrear su

ubicación en su teléfono y me envío la invitación. Puede que lo vea y la apague, pero nunca se sabe. Podría ser una forma fácil de seguirla, si me deja hacerlo. Luego busco en todos sus contactos, pero no hay apodos. Busco los 313, el código de área de Grosse Pointe. Nada.

Realmente hay pocos contactos en total.

Lo que me da más dudas. ¿Borró sus contactos? ¿O tiene una identidad inventada? Quizá tampoco sea realmente de Grosse Pointe. Quizá su nombre tampoco sea Sloane McCormick.

¿Quién carajos es esta chica?

* * *

Sloane

Me termino rápido la cena con el estómago anudado. Sólo espero que el chico de Wolf Ridge no emita sonido alguno.

Realmente no puedo enfrentar a mi tía con una explicación de por qué tengo a un chico en mi habitación.

Lo sé, probablemente no sería el fin del mundo, pero es mucho más de lo que puedo manejar en este momento.

El verdadero problema será evitar que mi prima tan observadora se dé cuenta. Gracias a Dios pasa todo el tiempo mirando videos de Youtube con los auriculares pegados a la cabeza. Si no fuera por eso, ya habría escuchado a Bo.

Como la mitad de mis macarrones con queso (el pedido de cena de Rikki, evidentemente) y levanto mi plato.

—¿Puedo llevar esto a mi habitación?

No sé por qué me preocupa *alimentar* a Bo.

Ha invadido mi espacio personal de la peor manera

posible. Y sin embargo no puedo evitar pensar en que un tipo grande como él probablemente coma tres veces más que yo y en lo hambriento que estará si no cena.

Es estúpido en realidad.

La tía Jen lo piensa.

—Sólo si prometes bajar el plato cuando termines. No me gusta que haya platos en las habitaciones que atraigan hormigas.

—Lo prometo. Sólo quiero volver a estudiar. Tengo una prueba importante.

No es una mentira total.

—Bueno, cariño. Entonces ve.

Mi tía es una maestra de primaria y se toma muy en serio la educación. Se mudó específicamente al distrito de Cave Hills para que mi primita pudiera ir a las mejores escuelas de Arizona. No importa que para cuando Rikki llegue a la preparatoria el año que viene ya sea señalada como la que no tiene. Sin ropa o zapatos de diseñador ni un vehículo estrella de sus padres, no encajará con los chicos de Cave Hills.

Yo lo he logrado porque tuve dinero. Antes de que me quitaran todo. Además, sé mentir.

Subo el plato y miro por encima del hombro antes de abrir la puerta.

Lo que encuentro me hace arrepentirme de tener consideración por el idiota sentado en mi escritorio.

¡Tiene mi maldito vibrador en la mano!

—Mira lo que encontré. —Sonríe, lo sostiene entre su pulgar e índice y lo mueve de atrás para adelante.

—Eres un *idiota*. Guárdalo, —digo entre dientes y dejo el plato de macarrones con queso en la mesita de luz.

Maldito sea. ¿Quién se cree que es?

—¿Tyler sabe de esto? —Sigue moviéndolo.

Me acerco e intento tomarlo, pero es muy rápido, lo hace a un lado, luego lo levanta.

—¿Lo usa contigo, Piernas?

Mi vagina se tensa, incluso cuando tengo humo saliendo por las orejas. Me abalanzo sobre el vibrador sin importar que le clavo la rodilla justo en su muslo para intentar alcanzarlo en la altura.

El pervertido pasa el brazo firmemente por atrás de mis muslos; su antebrazo levanta mi trasero como si intentara ayudar.

Tiene el efecto muy desafortunado de ponerme muy caliente. O tal vez sea ver mi vibrador.

Pero no paro. Si quiere ponerse bien cerca, iré hasta lo último. Meto mis tetas contra su rostro y le saco el vibrador de los dedos. Estoy bastante segura de que me deja sólo porque lo agarré desprevenido. Ni bien lo tengo, lo uso para golpear la parte superior de su cabeza.

Y luego me alejo.

Ups.

No quise pegarle.

Tan fuerte.

O quizá en absoluto.

Ambos nos miramos fijos, sorprendidos. Estoy un poco horrorizada por mi propia violencia; nunca antes le pegué a alguien.

Él luce igual de sorprendido de descubrir que soy capaz de eso. O quizás esté realmente herido.

—Auch, —confirma.

—Lo siento. No debería haberte pegado con...

—No, no deberías haberlo hecho. —En un segundo, se levanta de la silla y me quita el vibrador. Me tira contra la cama—. Ahora tienes graves problemas, Piernas.

De algún modo, eso suena más sensual que amenazante.

Y mi cuerpo responde con una ola intensa de placer. El calor inunda mis partes femeninas. Me pone los pezones duros.

En algún lugar cercano a mi oído, mi vibrador se enciende.

—Eh...

Antes de poder asimilar lo que hace, Bo lo pone entre mis piernas, frota el mango hacia atrás y hacia adelante con un movimiento de corte

—No... —lo busco, pero lo quita rápidamente y lo mantiene fuera de mi alcance. Está sentado encima de mí; sus muslos fuertes y gruesos como troncos alrededor de los míos, manteniéndome en el lugar. Con una mano, sostiene mi torso cuando intento sentarme y sigue manteniendo el vibrador fuera de alcance.

—Me mostraste lo que puedes hacer con él. Ahora es mi turno.

—Oh no, no, no. —Se me retuerce el estómago. Puede que esté diciendo que no, pero me estoy mojando las bragas; todo está derretido y húmedo y estoy muy emocionada por esto.

Sus fosas nasales se abren y sus ojos brillan plateado otra vez. Su sonrisa es de pura maldad y lo hace incluso más hermoso.

Este tipo es un dios en todo sentido.

—Esto es lo que haremos. —Levanta una de sus piernas y empiezo a alejarme, pero toma mi cadera y me da vuelta.

—¡Bo! —Escucho que el vibrador cae sobre la cama y pone una mano en mi espalda baja. Dos golpes en mi trasero; uno a cada lado.

Duelen y intento alejarme de su agarre, pero no terminó. Toma el vibrador y lo vuelve a poner entre mis piernas.

Oh Dios.

Se siente. Tan. Bien.

Como que podría-llegar-al-orgasmo-ahora-mismo.

Suele tomarme mucho tiempo acabar con mi novio a batería o N.A.B., como me gusta decirle. Al menos treinta minutos. Pero esto son como tres segundos y estoy lista.

Estoy segura de que no tiene nada que ver con el futbolista sensual que lo controla.

El sonido que sale de mis labios es muy vergonzoso.

Es un maullido de necesidad. Una señal de lo cerca que estoy.

¡Maldición!

Me muevo y salto sobre la cama.

—¿Necesitas más de esto? —Mueve el ángulo y lo pone debajo de mí para que choque contra mi clítoris.

Se me escapa otro sonido necesitado.

—*Mierda.* —Su voz suena áspera y eso, por encima de todo, me hace sentir mejor. Él también está excitado. No soy la única que está perdiendo el control aquí.

Se sube sobre mí, pasa sus brazos por debajo para buscar el vibrador desde el frente y frota bien fuerte su erección contra mi trasero.

—¿Te gusta eso? —Su respiración es cálida contra mi oído y suena agitado, como si le faltaba el aire.

—Sí, —admito y me retuerzo sobre el plástico duro, froto mi clítoris con él a través de mis pantalones cortos.

Es tan bueno. Mis ojos ya empiezan a ponerse en blanco. Olas de calor me recorren.

—¿Lo usas dentro o sólo lo dejas ahí?

—Aquí, —gimo, me falta tanto el aliento como a él—. Oh Dios, —gimo.

Y luego acabo. Mi trasero rebota debajo de él con el poder del orgasmo. Estoy haciéndoselo con ropa al vibrador y a mi cama y supongo que a él desde atrás. Es completamente vergonzoso y muy sensual.

Bo jadea en mi cuello, se frota contra mí, me frota contra la cama y el vibrador. Cuando al fin acabo, de algún modo logra retorcer la mano lo suficiente como para apagarlo, pero en vez de quitarlo, lo acomoda y me da otra ola de tensión y descarga.

Me muerde la oreja.

—Ahora conoces las consecuencias, —murmura—. ¿Quieres golpearme con algo más?

Otra ola.

—¡Quítate de encima! —Me quejo y me sorprende lo rápido que obedece. De hecho, se baja totalmente de la cama y va hacia la pared, levanta las manos como si estuviera arrestado.

Su expresión que suele ser engreída fue reemplazada por algo casi tímido—. Perdón, —dice—. No, perdón, no me arrepiento. —Sus labios forman una sonrisa—. Eso fue demasiado sensual para arrepentirme.

Tomo el vibrador y se lo lanzo.

Lo atrapa con facilidad y me sonríe de forma pícara.

—¿Eso significa otra ronda?

Capítulo cinco

B^o Sí me sentiría mal si Sloane creyera que la obligué a algo. O sea, *sé* que acabó. Sentí su excitación antes de empezar.

Y literalmente fue lo más sensual que he hecho. Casi termino en mis pantalones.

Pero si ella siente algo que no sea satisfacción al respecto, entonces soy un idiota.

—¿Son macarrones con queso? —Pregunto, intento que las cosas regresen a la normalidad.

Ella me mira mal.

—Sí. Espero que ya se hayan enfriado.

—Aw, ¿me trajiste comida, Piernas? Eso fue muy dulce de tu parte. Cruzo la habitación para recoger el plato y ella me roza de camino al baño.

—Ey. —Tomo su codo, suavemente. No aprieto, no pongo presión. Se detiene y nuestras miradas se cruzan. La suya está insegura. Avergonzada. La yema de mis dedos roza ligeramente su piel—. ¿Estás bien?

Sólo necesito saber que no la hice sentir violada.

Sus labios se separan, pero esta vez no sale de ellos ninguna respuesta rápida.

Todavía sigue dudando.

—¿Eso fue parecido a una violación? —Juro por el destino que me habría detenido si me hubieras empujado.

—Sólo cállate, Bo.

Sonrío. Está bien.

—Te dejaré que ahora lo uses en mí.

—Iugh. —Me empuja pero se está riendo—. Eso quisieras.

Asiento.

—Definitivamente lo quiero. —Miro hacia abajo al bulto todavía presente en mis vaqueros.

Ella también mira y esta vez sonríe.

—Buena suerte con esas bolas azules.

Me río mientras se pasea hacia el baño y cierra la puerta. Y ahora me están llamando esos macarrones con queso.

Cuando vuelve a salir un minuto más tarde, apoyo el plato vacío. Síp, definitivamente hay una razón por la que los humanos le dicen «devorarse» la comida. Definitivamente devoro. Mucha comida.

—¿Cuánto tiempo te quedarás? —Pregunta Sloane.

—Toda la noche, princesa. E iré a la escuela contigo mañana. Estoy seguro de que a tus profesores no les molestará que vaya tu «novio a distancia» a las clases, ¿verdad? —Levanto una ceja.

Ella se lleva las manos a la cadera.

—Si crees que dormirás en mi cara, te equivocas mucho.

Sonrío.

—Ah, dormiré en la cama. Si tienes miedo de dormir

cerca de esto —muevo mis manos para que recorran mi cuerpo como una reina de belleza ridícula—, entonces puedes dormir en el piso, por supuesto.

Sólo la estoy molestando. Definitivamente dormiré yo en el suelo. No sé por qué quiero ver qué tan lejos puedo llegar. Supongo que su mezcla de bravucona y fanfarrona es muy entretenida. Sobre todo cuando está envuelta en un paquete tan sensual.

Ella elige ignorarme y se dirige a su mochila, sala una portátil y se acomoda en la cama.

Yo también tomo mis deberes y me acomodo junto a ella en la cama.

Ella me mira un largo rato.

Elijo fingir *inocencia* ante ella.

Pone los ojos en blanco y vuelve a concentrarse en la portátil.

Nos quedamos así más de una hora; supongo que ambos realmente tenemos tarea.

Aunque no iré a la escuela mañana. Pero al menos puedo hacerme el favor de no atrasarme.

Después de un rato, siento que me está mirando.

Sonrío.

—¿Puedo ayudarte?

—¿En serio te quedarás aquí toda la noche?

Asiento.

—Sip.

Ella resopla.

—Bo, *¿por qué?* No puedes realmente creer que Winslow vendrá aquí a verme *a mí* a medianoche.

—Puede que te escriba. Que se contacte contigo para que le des su parte del dinero.

—No tengo su dinero; el vendería el coche, ¿recuerdas?

—Bueno, entonces para robar otro. Me quedaré contigo. Uña y carne.

—Dijiste pegamento.

Sonrío. Me encanta molestarla. Y cuando me responde. Me encanta la alfa en ella, y para ser honesto, creo que si en serio no me quisiera aquí, esta conversación sería totalmente diferente. Pensaría en cómo sacarme de la casa. O estaría mucho más enojada y tensa que ahora.

Así que me quedaré. Seré un dolor en el trasero para Sloane porque se lo merece por lo que le hizo a mi familia.

—Bueno. —Ella se levanta y va hasta el baño, sin cerrar la puerta. La escucho cepillarse los dientes.

La sigo.

—¿Me prestas tu cepillo, Piernas? —Mantengo la voz baja porque sé que la habitación de su prima está justo del otro lado.

—¡No! —grita y susurra. Pero abre un cajón y me da un Oral B que sigue en su caja.

Le guiño el ojo mientras lo abro y luego busco el dentífrico.

—Gracias.

Ella no me responde. En vez de eso, me ignora y vuelve a la habitación, donde apaga la luz y se mete debajo de las cobijas.

Lo sé porque, a diferencia de los humanos, los lobos podemos ver en la oscuridad.

Camino hasta el otro lado de la cama y me pongo en el suelo en el pequeño espacio entre la pared y la cama.

El lobo en mi interior cree que debería estar a los pies de la cama, donde podría enfrentar un ataque desde cualquier parte, la ventana o la puerta, pero el humano sabe que es mejor no dormir a la vista, por si su prima o tía se asoman en algún momento.

Por unos minutos, no hay nada más que silencio. Sé que no está dormida por la cadencia agitada de sus respiraciones. Como si estuviera alternando en contener la respiración y luego soltarla.

Una almohada cae sobre mí.

Sonriendo, la tomo y la pongo debajo de mi cabeza.

Ella tira del acolchado sobre su cama para que caiga una parte de mi lado y lo comparte conmigo.

Ahora me ha dado comida y comodidad.

Lo tomaré como un maldito regalo de bienvenida. Me quedaré todo el tiempo que quiera. Fingiré ser su novio. El idiota real puede irse a la mierda. Hay una versión mucho mejor de él aquí mismo en Arizona.

* * *

Sloane

Mi cuerpo sigue vibrando por el orgasmo que me dio Bo.

Puede haber sido mi vibrador, pero fue todo gracias a Bo. Nunca obtuve ese tipo de resultados con el juguete.

Y la estúpida verdad es que no quiero que Bo sepa que además de no tener un novio real, tampoco he tenido sexo.

O sea, con una pareja.

Sin penetración de todos modos. Dejé que un par de tipos de dieran sexo oral.

No llegué al orgasmo, pero se sintió bien.

Mi experiencia sexual es otra mentira. Medía un metro ochenta para cuando tenía doce, con unos buenos pechos. Pensé que podría convertirme en una de esas chicas que andan encorvadas, fingiendo no tener el cuerpo de una mujer, o podría hacerme cargo.

Así que eso hice.

Lucí mi cuerpo, con elegancia, pero definitivamente a propósito. Mi papá se escandalizó un poco, pero no interfirió. Hizo un par de comentarios sobre desear que mi mamá estuviera viva para «ayudarme a pasar» la pubertad.

Le dije que podía arreglármelas bien sola y que no necesitaba ninguna ayuda.

Lo que era bastante real.

Cuando fui a la secundaria, me volví una superestrella de inmediato. A los tipos los atraía mi seguridad. Las chicas querían ser mis mejores amigas. Fingía tener mucha experiencia sexual y eso me permitía tomar decisiones.

Si decía, *cómeme*, los tipos se ponían de rodillas.

A veces les devolvía el favor.

Pero no estuve en relaciones serias, así que nunca fui más allá de la etapa de exploración sexual.

Estar acostada aquí en mi habitación oscura con un dios del fútbol de más de noventa kilos me hace desear haber perdido mi virginidad. Porque no quiero que este tipo sepa que es el primero.

Y sí quiero que sea el primero. Sabe lo que hace. Mi cuerpo le responde.

Yo le respondo.

Si me hubieran preguntado hace un mes cuál era mi tipo, nunca habría dicho un jugador de fútbol mono-engrasado que me odia, pero así es.

Estoy volviéndome menos poderosa rápidamente alrededor de su encanto.

Y él sí que tiene encanto. No es un tonto cabeza de nada. No sé qué tan bien le va en la escuela, pero el tipo es inteligente. Entiende a la gente y a las situaciones. Y tiene esa actitud de hiper-seguridad que lo hace tanto un tarado y a la vez locamente atractivo.

—Sloane —Su voz sensual atraviesa la oscuridad y se va directo a mi clítoris, que ha estado vibrando y latiendo desde el incidente con el vibrador.

No respondo. No charlaremos como en una pijamada. Se siente demasiado vulnerable. Porque aunque estaba completamente vestida, tuve más intimidad con él que la que he tenido con otro ser humano.

—Sé que estás despierta, Piernas.

—Intento dormir, Bo.

—¿Para qué es el dinero?

La habitación se inclina de repente, luego gira. No estaba preparada para esta pregunta. O sea, debería haberlo estado. Es parte de la razón por la que estoy tan a la defensiva con Bo Fenton.

Eso y el hecho de que sea tan extremadamente atractivo, pero parezca odiarme.

Aunque eso puede estar cambiando.

—¿Adónde se fue el dinero de ese Porsche? ¿Aparte de comprar un Mercedes destruido y de pagarme a mí?

—No es de tu incumbencia.

Sí, lo sé. Muy rápido. Y maduro.

Pero la verdad es que no lo es. No le debo una explicación. Lamento que atraparan a su hermano, pero si Winslow me hubiera dejado venderlo a mí, quizá no habría ocurrido.

Pero tal vez también estaría en una prisión juvenil ahora mismo y mi prima inocente estaría de camino a cumplir algunas fantasías horribles de un pedófilo asqueroso.

—Los descubriré, Piernas. Todos tus secretos. No puedes esconderlos de mí.

—No lo harás.

Aunque quisiera decirle, no lo haría. Ni aunque

fuéramos mejores amigos y le confiara mi vida. Mi mierda es demasiado peligrosa.

—Sigue pensando eso.

Hay más silencio. Creo que tal vez lo dejará pasar, pero dice,

—¿Estás en algún tipo de problema, Sloane?

Creo que es la primera vez que usa mi nombre real. No me decido si me agrada o no. Definitivamente me provoca algo en el pecho. Me dispara directo como un dardo. Intenta abrirme. Hay sinceridad en la forma en la que me lo pregunta; su uso de mi nombre lo hace más personal. Más empático.

Pero no soy tan tonta como para caer en esa trampa.

Bo Fenton no es mi amigo.

No está aquí para llevar mis cargas en sus hombros. No es mi caballero blanco.

—No es de tu incumbencia, Bo. —Repito con mi tono de voz super paciente.

—Sigue así y subiré mi trasero gigante a esa cama y te robaré todo el lugar en el colchón, así dormirás en el borde sin almohada.

Es una imagen boba y una amenaza tan suave que me río.

No puedo ver en la oscuridad, pero imagino que Bo también sonríe. Para un tipo que me odia, está empezando a coquetear abiertamente.

Tampoco puedo decir que me moleste.

Que Dios me ayude.

No puedo enamorarme de este tipo. Ni por un minuto. Ni para fingir.

No le importo. Sólo está aquí para hacer mi vida más difícil. Y aunque le importara, y de nuevo, no le importa, no tengo la libertad de tener amistades, ni relaciones, ni ningún tipo de vínculo que pueda ser explotado por la mafia.

Tengo que pensar en cómo deshacerme de Bo para poder resolver mis problemas muy serios.

Necesito robar otro coche y venderlo para el lunes o estaré jodida.

Capítulo seis

B^o Me levanto antes que la princesa de Cave Hills, pero escucho movimiento en la casa. Su tía ya se ha duchado y baja las escaleras.

No hay sonidos de la habitación de su prima.

Me levanto y camino sigiloso hasta el baño para hacer pis.

Apenas dormí anoche por mi grave caso de bolas azules.

Lo juro, casi me levanto a masturbarme en el baño veinte veces, pero lo sobrellevé. Probablemente debería haberme descargado un poco.

Porque ahora la sola idea de que Sloane esté en la ducha a mi lado me pone más duro que una piedra.

Tiro la cadera y me estoy lavando las manos cuando se gira el picaporte de la otra habitación.

¡Mierda! ¡La prima!

En una lucha apresurada, salto hacia la tina y me escondo detrás de la cortina.

Se cierra la puerta, la de la habitación de Sloane.

Mierda.

Escucho que ella hace pis. Luego su mano se estira detrás de la cortina de la ducha y la abre del todo.

Contengo mi grito de alarma cuando me empapa el agua fría. Anoche dormí con vaqueros y camiseta y ahora se están empapando. ¡Maldición!

Estoy conteniendo la respiración, intento pensar si sería mejor quitarme la ropa y transformarme en lobo, así la niña encontraría un lobo en su ducha en vez de un gran extraño, cuando escucho un golpe en la puerta de la habitación de Sloane.

—¿Rikki? —La puerta se abre y una Sloane frenética se asoma por la cortina desde el otro lado de la ducha. Ella vuelve a desaparecer—. Ey, ¿te molestaría que me duche primero esta mañana? Prometo ser súper rápida. Es sólo que me siento asquerosa, no puedo esperar otro minuto.

—Eh... bueno. —Rikki suena dudosa.

—Gracias. Cinco minutos, lo prometo.

—Está bien.

Escucho que se cierra la puerta y Sloane abre la cortina.

Le sonrío. Ahora el agua está caliente, así que no está tan mal, sin contar la ropa mojada que se pega a mi cuerpo.

Sloane se acerca y toma mi camiseta.

—¡Sal! —gesticula, y me lleva cerca.

Sonrío mientras le permito sacarme. Me encanta que use el contacto físico conmigo. Una alfa hecha y derecha. Realmente debería haber sido lobo.

Ella toma una toalla rosa y suave del estante y me la lanza; luego señala hacia su habitación con urgencia.

Me río en silencio y camino hacia atrás en caso de que empiece a desvestirse para meterse a la ducha. No me gustaría perdérmelo.

Pero se da cuenta. Dobla el pie y lo usa para empujarme el resto del camino; luego me cierra la puerta en la cara.

Me quito la ropa empapada y la dejo en una pila en el piso junto al baño. No me molesta secarla con el viento mientras voy en moto, pero primero necesito escurrirla o estaré mojado todo el día.

Sloane no bromeaba sobre darse una ducha corta. Se cierra el agua y me apresuro a ponerme la toalla rosa alrededor de la cintura antes de que salga.

Tristemente no lleva toalla. Sale con la misma ropa con la que entró, pero mi estado desvestido la hace tropezarse.

—¡Oh! Eh... —ella mira el piso donde está mi ropa mojada en una pila y luego vuelve a verme. En realidad, a mi pecho. Espera, ¿está relojeando mis abdominales?

—¿Te gusta lo que ves, Piernas? —Murmuro en voz baja.

Su piel ya brilla de color rosa por la ducha, pero toma un poco más de color antes de recuperarse y mover su cabello mojado.

—Eso quisieras, amiguito.

Le dedico mi sonrisa más traviesa, pero cuando mi miembro intenta darle un saludo completo, logro tener la decencia de voltear y caminar hasta su escritorio donde enchufé mi teléfono en su cargador. Me mantengo de espaldas y le escribo rápido a mi mamá para decirle que estoy bien y que sigo intentando comunicarme con Winslow.

Escucho que Sloane se mueve rápido detrás de mí, probablemente intente vestirme antes de que vuelva a voltearme, así que espero a que frene el roce frenético y a que se ralentice el sonido de su respiración. Cuando miro, está poniendo música desde la base de conexión de su iPhone. Probablemente sea para cubrir cualquier ruido que haga.

—Iré abajo. Siéntete libre de irte cuando sea, —me dice.

Niego con la cabeza.

—No sucederá. Trae comida.

—No sucederá. —Ella pone énfasis extra en el movimiento de su labio porque es más gesto que habla, y me hace querer besarla sin parar. Se me ocurre que no ha tenido tiempo de maquillarse o de hacer algo más que peinar su cabello mojado y luce tan hermosa como siempre.

Definitivamente fue bendecida con buenos genes. Qué mal que no son de lobo.

Me quedo en su habitación hasta que escucho que baja su prima y luego llevo mi ropa al baño para escurrirla y ponérmela. No hay nada como intentar ponerse un par de vaqueros mojados.

Cuando vuelvo a la habitación, Sloane está allí con un gran plato de cereales, Life por lo que parece, y dos bananas.

—Se irán en unos minutos y podrás poner tu ropa en la secadora.

—Aw, eso es muy dulce de tu parte, Piernas.

—Sólo es porque... —ella se detiene y niega con la cabeza—. De hecho, no sé por qué te estoy ayudando. En serio eres un grano en el culo ahora mismo.

Asiento.

—Justo lo que quería.

Ella me muestra el dedo de su mano izquierda mientras empuja una cucharada de cereal hacia su boca.

Lindo.

Tan lindo.

* * *

Sloane

. . .

Bo me espera en el estacionamiento de la escuela cuando llego con mi bici. Me invitó a ir en su motocicleta, pero ignoré la oferta.

Pero ignorar su presencia se está volviendo algo bastante difícil de hacer.

Sobre todo ahora que empieza a sentirse como si estuviera coqueteando más que estar enojado. En serio no sé qué planea, pero es muy difícil de ignorar.

Me sigue a la escuela, directo a mi primera clase, Español. Técnicamente se supone que firme en la oficina, pero no lo llevaré de la mano en esto. Para ser honesta, espero que lo echen.

—¿Quién es? —Pregunta sorprendida la Señorita Allen. Estoy bastante segura de que está mirando mucho los bíceps de Bo. ¿Y por qué no lo haría, verdad? Son una obra de arte.

—Soy su novio, Tyler, y estoy de visita desde Michigan. —Él ofrece su mano y le dedica una sonrisa que derrite bragas.

La Señorita Allen cae ante ella. De hecho, invita al tipo que suele sentarse a mi lado a irse para atrás para que «Tyler» pueda estar junto a mí.

Qué afortunada soy.

Él se sienta derecho, puede estar escuchando con atención o mirándome con una atención exagerada, como si fuera un perrito enfermo de amor.

Me da mucha vergüenza y ya estoy lista para golpearlo en la garganta para cuando suena el timbre de mi próxima clase.

—Ey, allí está, —festeja Teri cuando nos ven en el pasillo—. ¡Qué divertido que pudieras venir a la escuela, Tyler!

—¿Verdad que lo es? —le devuelve el festejo—. No me

perdería un minuto con mi chica. Ella es todo mi mundo. —Él se lleva el puño al pecho.

Teri luce desconcertada, como si no pudiera decidir si se está burlando de ella o si habla en serio.

Pongo los ojos en blanco y le golpeo el pecho con el revés de mi mano.

—Está siendo un bobo. ¡Ignóralo!

Ella empieza a reírse sin parar.

—Qué gracioso. ¡Los veo en el almuerzo, chicos!

—¡No puedo esperar! —Le grita Bo con voz aguda.

Le vuelvo a pegar.

Él toma mi muñeca y me lleva contra su pecho sólido con un rápido movimiento. Estamos en el medio del pasillo, pero la multitud de estudiantes se separa a nuestro alrededor. Escucho risas y siento las miradas curiosas mientras pasan.

—Ten cuidado, Piernas, —murmura—. ¿Recuerdas tu castigo por pegarme?

Intento alejarme, pero sostiene mi muñeca con fuerza y de a poco lleva mis dedos a sus labios para besar un nudillo, luego el siguiente.

Intento no pensarlo, realmente lo hago, pero está en mi mente, está encima de mí otra vez, y esta vez presiona mis propios dedos sobre mi clítoris, me habla sucio en el oído. Me hace acabar una y otra vez.

Puede que haya estado enojada anoche por lo que hizo ayer. Definitivamente fue tan humillante como emocionante. Pero supo que cruzó un límite y lo habló conmigo. Así que estoy bien. Y sí, me da escalofríos cada vez que pienso en que eso vuelva a suceder.

Y aunque mi primera prioridad tiene que ser deshacerme de este tipo, definitivamente *quiero* que vuelva a pasar.

Así que respondo,

—Me arriesgaré, Músculos.

Él me muerde los nudillos, levemente, y luego me suelta la mano con una sonrisa. Cuando volvemos a caminar por el pasillo, estoy bastante segura de que tiene que acomodarse el paquete porque acabo de ponerlo duro.

Los dos podemos jugar a este juego.

Y siempre juego para ganar.

* * *

Bo

Las clases de Cave Hills no son tan aburridas como las de Wolf Ridge. Son más difíciles, eso es seguro. Puedo ver por qué es una de las mejores escuelas públicas. Los profesores son entretenidos e inteligentes. Son relajados con los chicos, quienes no los molestan. Es una cultura totalmente diferente.

Envié un correo a la secundaria Wolf Ridge esta mañana desde la cuenta de mi mamá para decirles que tenía que quedarme en casa y lidiar con algunos asuntos familiares. Considerando lo chico que es Wolf Ridge y lo rápido que viajan los chismes, la secretaria de asistencia de la escuela asumirá que eso significa que estoy lidiando con el problema de Winslow y será más flexible.

Sé que otros alfa-diotas se reirían de mi admiración por Cave Hills, y parte de mí también quiere reírse. Estos chicos están tan sobreprotegidos que no saben lo fácil que tienen las cosas. Todo lo que tienen que hacer es esforzarse en el colégio y se les ofrece la vida en bandeja de plata. No trabajan además de ir a la escuela, ni lidian con problemas como padres alcohólicos o abuso.

Pero quizá sí lo hagan. Sloane debe tener algunos problemas graves o no estaría robando coches.

En el almuerzo, Sloane me lleva a la parte de atrás del edificio para comer.

—¿Estamos escondiéndonos? —Le pregunto.

Ella me mira con ganas de asesinarme.

—Evidentemente.

—¿No quieres que vean a tu novio sensual? —Hago un espectáculo de mostrar mis brazos flexionados y hacer que sobresalgan los músculos.

Ella pone los ojos en blanco.

—¡Oh, allí están! —La amiga entusiasta de Sloane, Teri, aparece de repente con Samantha. Cuando ve la falta de entusiasmo de Sloane, se cubre la boca—. Oh por dios, ¿querían tiempo a solas? ¡Lo siento!

Me acerco más a Sloane en el césped y la levanto para ponerla sobre mi regazo.

—Sí, lo haremos aquí mismo en el césped, —alardeo.

—¡Quítate! —Sloane lucha para bajarse y me vuelve a pegar mientras sus amigas se ríen.

—Eso intento.

Ella vuelve a golpearme. Tomo su mano y me la llevo a la boca, doy un espectáculo de besar cada dedo mientras ella lucha conmigo todo el tiempo para alejar la mano.

Sus amigas claramente deciden que no están molestando porque se sientan en el césped con nosotros.

—¿Entonces te quedarás con Sloane? ¿En casa de su tía? —Pregunta Samantha.

—Síp, —respondo de inmediato al mismo tiempo que Sloane dice *no*.

Miran a uno y después al otro.

—Bueno, ¿entonces cómo es?

Sonrío de forma traviesa.

—Me quedaré allí, pero su tía no lo sabe. Anoche me metí por la ventana. —Muevo las cejas como si fuéramos los enamorados de secundaria más atrevidos que se pueda imaginar.

Sloane se sonroja.

—Bueno, no diremos nada. —Suena a que Samantha está retando a Sloane. Probablemente esté ofendida de que no le hayan contado la verdad.

Pero no pueden ser tan cercanas o Sloane ya les hubiera dicho que no soy el novio real.

¿Por qué no lo hizo? Eso no tiene mucho sentido. Si no me quiere aquí, ¿por qué no simplemente negarlo desde el principio?

A menos que...

No exista Tyler.

¿Pero por qué habría inventado un novio?

Diablos, esta chica es tan turbia que es difícil saber qué es verdad y qué es mentira.

Pero es difícil seguir siendo duro con ella cuando hace cosas como traerme el almuerzo. Ella me pasa dos sánguches prolijamente envueltos de mantequilla de maní y mermelada.

—Espero que no seas alérgico al maní.

—¿No lo sabrías si lo fuera? —Pregunta Samantha. Estas niñas de Cave Hills son demasiado inteligentes para su propio bien.

Sloane muerde su sánguche.

—Claro. —Sólo bromeo. Sé que está bien. Ella me mira y lo confirmo con una mordida gigante del sánguche.

—Mmm, esto es delicioso. Y eres una dulce.

Ella pone los ojos en blanco.

—Así que, cuéntenme de la vida de Sloane en Cave Hills. Es la estrella de la pista de carreras, por supuesto.

—Definitivamente. Ha sido la primera en cada encuentro hasta ahora. Puede que este año tengamos una oportunidad en las estatales, —dice Samantha.

—Sí claro, como si Wolf Ridge fuera a ceder su reino.

Abro la boca, a punto de decir algo honesto, como «nunca se sabe», porque sí tenemos que perder a veces o luciría extraño, hasta que recuerdo que no soy de la ciudad.

—¿Y qué más? ¿Ustedes dos son mejores amigas?

—¿Puedes dejar de interrogar a mis amigas? Ya sabes todo esto.

Les muestro mi sonrisa seductora a las chicas.

—Me gusta escucharlo de ellas.

Teri dice,

—Es bueno que vinieras porque probablemente sea la Reina del Baile de Bienvenida, y ella ni siquiera iba a ir.

Así es. El Baile de bienvenida.

Y soy su cita.

—¿Cuándo es?

Teri estrecha la mirada.

—Esta noche, —dice con una expresión de qué-carajos-te-sucede.

Esta noche. Claro. Mierda, tengo un juego de fútbol.

Pero guiño el ojo.

—Lo sé, ¿quise decir a qué hora?

—Siete, —dicen Teri y Samantha a la vez.

Siete. Eso podría funcionar. El juego es a las cuatro. Si el entrenador me deja jugar, todavía tengo tiempo después de ducharme, ponerme una corbata y regresar a Cave Hills. Puede que sea un poquito tarde, pero eso tiene onda.

—No tenemos que ir, —intenta decir Sloane.

—Por supuesto que sí, *pastelito*. —Me acerco y le quito

un poco de pasta de maní de la comisura de los labios; me encanta fingir ser el novio atento porque la hace enojar—. Es la única razón por la que estoy aquí. Y puede que te coronen como la reina. Y yo pensando que eras una princesa.

Ella me codea.

La tomo por la cintura y la llevo a mi regazo como castigo. Cuando lucha, le hago cosquillas; luego separo las rodillas para atraparla entre ellas y poder tenerla agarrada con los brazos y piernas.

Es demasiado íntimo y sé que eso la enloquece mucho.

Me gusta torturarla.

También me gusta cómo se siente en mis brazos. Su aroma llega a mis fosas nasales; su piel suave está bajo mis manos.

Normalmente no me atraen las humanas, pero para ser honesto una chica como ella sería una excepción que valdría la pena.

Qué mal que no confíe en ella ni por asomo.

Y que ella me odie.

Y que haya destruido a mi familia.

Capítulo siete

S *loane*

Le dije a Bo que no iríamos al Baile de Bienvenida.

Aunque no creo que funcione.

Cuando el tipo decide algo, no cede. Se fue después de almorzar diciendo que tenía un partido de fútbol, pero que regresaría para recogerme antes del baile.

Le dije que no viniera.

Me dijo que me arreglara bien.

Así que aquí estoy, usando una buclera en mi cabello y el vestido del Baile de Bienvenida del año pasado, uno negro con tiras, mientras mi prima me mira.

—¿Entonces *quién* es tu cita? —me pregunta por quinta vez.

—Sólo un tipo de la escuela, —digo.

—Lo sé, ¿pero cómo se llama?

Hasta esa pregunta es complicada. Tengo muchas mentiras dando vueltas. No les dije a mi tía y a mi prima que había inventado un novio, así que no conocen al Tyler ficticio. Pero si le digo que su nombre es Bo y luego Teri y Samantha lo escuchan... suspiro.

Todo esto se está volviendo ridículo.

Y una distracción total del en el que tendría que estar concentrada: sobrevivir.

Pero el entusiasmo de Rikki por mí es un poco contagioso. Y una pequeña parte de mí está un poco emocionada porque me lleve al baile mi cita digna de baba.

Aunque sea es un gran novio falso. Grande. Musculoso y finge ser atento. Sé que me está tomando el pelo todo el tiempo, pero a veces mi mente se pregunta si así sería en realidad con una novia.

Lo dudo; y no querría un novio tan atento. Pero lo que sí quiero es saber cómo sería en realidad.

¿El novio Bo real es como el tipo que estuvo en mi habitación anoche, el que me preguntó si estaba bien después de presionarme demasiado?

¿Cómo sería con una novia de verdad? ¿Sería dulce cuando tomara mi virginidad?

¡Agh! ¿Por qué estoy pensando en eso?

Incluso si tengo sexo con él, no le diré que soy virgen.

—Su nombre es Bo. —Opto por la verdad. Ya me alejé mucho de ella últimamente y sólo vuelve a jugarme en contra.

—¿Te gusta?

Me pongo una segunda capa de máscara de pestañas.

—Em... a veces. En realidad, no. Sí.

Ella me mira con incertidumbre.

—¿Eso qué significa exactamente?

Me río.

—Es muy sensual, pero lo sabe. Y puede ser un idiota.

—¿Pero te pidió ir al Baile de Bienvenida? ¿O tú se lo pediste?

—Bueno... supongo que él me preguntó. ¿Obligarme cuenta como invitarme?

Sophie ladra y Rikki corre a la ventana de mi habitación.

—Oh, guau. ¿Conduce un coche elegante?

—No. —Trago saliva, pienso en los tipos de la mafia, pero luego veo el coche al que se refiere. Es un antiguo Mustang convertible hermosamente restaurado de color rojo brillante—. Oh espera, sí, debe ser él. El tipo trabaja en un taller. Probablemente tiene acceso a un coche así.

Suena el timbre y Rikki sale corriendo por las escaleras para atender. Los ladridos de Sophie cesan y se vuelven un llanto de alegría sumisa cuando se abre la puerta.

El poder que tiene sobre esa perra es extraño.

Muy bizarro.

Me late fuerte el corazón, pero probablemente sólo sea por el susto de la mafia. No porque esté emocionada o nerviosa porque me recoja para un baile. Eso es estúpido.

Abajo escucho hablar a la tía Jen y a Rikki y el resonar grave de la voz de Bo como respuesta.

Mierda. Tal vez esté emocionada porque me provoca algo en el estómago.

Me pongo un par de tacones y me apuro en poner lo imprescindible en una cartera de noche.

Cuando bajo las escaleras, Bo deja de hablar a mitad de una oración. Sus ojos brillan de color plateado y combinan con su corbata gris. Si pensé que el chico popular de Wolf Ridge no podía arreglarse o que luciría extraño en ropa elegante, es claro que me equivoqué. Pero si soy totalmente honesta, admitiré que un poco esperaba que llegara con una camiseta con grasa y vaqueros sólo para avergonzarme en el baile.

Pero no. Luce como millonario. Y está totalmente

cómodo con una camisa blanca abotonada, una chaqueta y corbata. Como un modelo *GQ*. O una celebridad.

Muy sexualmente atractivo.

Y nunca antes pensé eso de un tipo.

—Oh, dulce. Estás mostrando las piernas. —Casi suena dolorida, pero el aprecio es evidente en su expresión.

Quizás sí elegí este vestido por él, al menos de forma inconsciente. Tiene un forro recto que llega a mitad del muslo sin lucir vulgar. En una chica más baja podría hacer que sus piernas lucieran cortas o rellenitas, pero tengo piernas largas así que puedo llevarlo bien.

La tía Jen se tensa con su comentario. No creo que esté preparada para lidiar con insinuaciones sexuales, sobre todo frente a Rikki.

Pero como el encantador que es, Bo se corrige.

—Perdón, señora.

¿Señora? ¿En serio? ¿Estamos en el sur? Una vez más, no sabía que era capaz de eso, pero Bo Fenton está lleno de sorpresas.

—Prometo ser completamente respetuoso con Sloane. ¿A qué hora quiere que regrese?

Mi tía está debidamente encantada. Y un poco nerviosa porque no tengo toque de queda y eso no es algo con lo que haya tenido que lidiar aún con Rikki.

—Oh, eh, ¿a qué hora termina el baile?

—Volveremos a las once, —digo al mismo tiempo que ella dice—. A la medianoche está bien.

—Medianoche entonces. —Bo guiña el ojo.

En serio, ¿quién guiña el ojo? Este tipo con su sonrisa de pirata.

Él busca mi mano con la suya. Quiero ignorar el gesto, pero Rikki y la tía Jen siguen mirando, sonriendo, así que pongo mi palma en la suya.

Su mano callosa es grande y áspera. Odio la forma en la que hace que revoloteen mariposas en mi barriga. Realmente no necesito este tipo de distracción en mi vida justo ahora.

Sobre todo no de un tipo que está decidido a romperme el corazón.

Su sonrisa me hace burla mientras salimos, pero me aprieta la mano antes de dejarme libre. Me abre la puerta, como un caballero.

De nuevo, estoy sorprendida por sus modales.

—Lindas llantas.

—Son de Winslow. Así que probablemente nos detengan porque todavía sigue la búsqueda. Puede que quieras no beber tanto.

Lo miro con asco.

—¡No beberé!

Él se encoje de hombros.

—Podrías. Yo conduzco. Y estoy seguro de que *Tyler* cuidaría bien a su novia si ella se emborrachara.

La mención de Tyler hace que se me ponga dura la panza.

Me mira de forma inquisitiva mientras entra al asiento del conductor.

—No existe Tyler, ¿verdad?

La piedra en mi estómago baja por completo. Me falta el aire.

Por alguna razón, su suposición desestabiliza mis bases. Fue una mentira estúpida, no importa tanto, pero si él adivinó la verdad, ¿qué más deducirá?

—Revisé los contactos de tu celular, —admite, probablemente al notar lo sorprendida que estoy.

Sigo sin poder hablar. No puedo responder. Meto las manos entre mis piernas porque, por alguna razón, están temblando. No sé por qué de repente me siento tan expuesta, pero así es.

Quizás contaba con Tyler para mantener la distancia entre este tipo hermoso, peligroso y vengativo y yo.

Bo enciende el coche, pero no deja de prestarme atención.

—¿Por qué lo inventaste?

Trago saliva alrededor de la banda que ata mis cuerdas vocales.

—Para sacarme a los tipos de encima, —admito. Mi voz sale con dificultad.

—¿Por qué?

Niego con la cabeza. Sigo temblorosa.

—No quería la atención. O la distracción. *O que mataran a nadie.*

Su mirada azul entra por el costado de mi cabeza por un momento más y luego finalmente mira por el parabrisas y arranca el Mustang.

—Me alegro, —dice sin mirar hacia mí.

Casi que no quiero preguntarle por qué se alegra, pero quiero.

—¿Por qué?

—Porque estaba casi por matar al tipo si aparecía aquí en serio.

Una ola de calor me recorre y siento cosquillas en mis partes femeninas.

—Eso es ridículo. —Odio lo temblorosa que suena mi voz.

Él se encoje de hombros y sigue sin mirar. Como si no estuviera seguro de si debería haberlo admitido.

—Sólo digo. Tyler tiene suerte de no existir.

Se me escapa una carcajada.

—Eres un loco hijo de puta, Bo.

—Eso es verdad, —responde, como si estuviera orgulloso.

Vamos en silencio y luego recuerdo preguntar,

—¿Cómo estuvo el partido?

—Ganamos.

—¿Y te dejaron jugar? Pensé que tenías que asistir a la escuela el día del encuentro o partido para poder participar.

—El entrenador me rompió bastante las bolas, pero me dejó jugar. Ya sabe lo que pasó con Winslow. —Vuelve a mirar hacia mi lado y la culpa me anuda el estómago otra vez.

—Lo siento.

Es la primera vez que lo he dicho. O si lo dije antes, esta es la primera vez que lo digo en serio. Nunca quise a Winslow, me asustaba bastante y de hecho no creo que fuera un tipo bueno. Pero estoy empezando a sentir algo por Bo. Y parece que sabía desde el principio que esto no terminaría bien para su hermano. Intentó hacer que me aleje.

Lo ignoré.

Y aunque no puedo creer que en serio sea mi culpa que lo atraparan (o sea, Winslow es un adulto y tomó sus propias decisiones), sí me siento mal porque Bo perdiera a su hermano por esto.

Sólo es otra fatalidad de mi espectáculo de mierda.

Otra razón para sacarme a Bo de encima de una vez por todas antes de que salga aún más herido.

—¿Cave Hills tuvo su juego de bienvenida hoy? Oh, ey, ¿estoy llevando a la Reina del Baile?

—No, el juego fue anoche y no lo anunciarán hasta el baile.

—¿Y en serio no ibas a ir?

Tomo la manija de la puerta, pensando en por qué las

cosas como la realeza de los Bailes de Bienvenida no significan nada para mí.

—No.

Bo me vuelve a mirar de forma inquisitiva.

—Porque tienes algún tipo de problema. —Es una afirmación, no una pregunta. Y una vez más, me siento expuesta.

—Quizás esta mierda simplemente no me importa.

—Tal vez. —Su tono sugiere que esa no es una respuesta probable.

Llegamos al baile y pago para que entremos, sobre todo porque dudo que Bo tenga mucho dinero, y todavía me queda un poco de la venta del Porsche.

Bo entra como si fuera el dueño del lugar, lo que funciona porque así suelo comportarme yo también. Pero no estoy acostumbrada a compartir la atención con mi cita. Él saluda a Teri y a Sam como si fueran viejos amigos que se separaron, les da la mano a sus citas (ambos tipos buenos pero un poco desgarbados del equipo de campo traviesa).

Él entrelaza los dedos con los míos y me lleva entre la multitud. Todos voltean a vernos. Ambos somos altos y apuestos y nos comportamos como si fuéramos lo mejor.

Aw, al carajo. Decido seguir el engaño. Es la mejor manera de no dejar que Bo me afecte. Lo llevo directo a la pista de baile y pego mi cuerpo contra el suyo.

Él deja salir un gruñido animal y pasa un brazo alrededor de mi cintura.

Oh Dios. Me encanta, demasiado. Su cuerpo es músculo sólido y él sabe cómo moverse. Insinúa su muslo entre los míos, me lleva contra él, así me froto hacia abajo.

Maldición. Hemos estado aquí cinco minutos y ya estoy lista para el sexo.

¿Qué tan cliché sería perder mi virginidad la noche de

graduación? O sea, de Bienvenida, pero es la misma diferencia, un baile escolar.

* * *

Bo

Estoy drogado con el aroma de la excitación de Sloane.

Ella me da todas las señales, pero estoy bastante seguro de que es un engaño. Está ganándome en mi propio juego.

Muevo las caderas con la música y sostengo su cuerpo cerca del mío, intento darme cuenta de si sus bragas están húmedas donde se frota con mi pierna.

Quiero hacérselo hasta olvidarlo todo.

Esa parte no es nueva.

La parte contra la que verdaderamente lucho ahora mismo es el deseo de besarla. Intento pensar qué haría ella. Si hacer que esto sea más tortuoso para avergonzarla frente a toda la escuela, castigarla por sus mentiras, o si besarla en serio.

Como quiero hacerlo.

Por desgracia, o quizás por fortuna, mi debate es interrumpido porque llaman a la realeza al escenario.

Cuando dicen el nombre de Sloane, tomo su nuca y llevo su boca contra la mía. —Enorgulléceme, princesa.

Es un castigo y no sabe ni cerca de lo dulce que imaginaba sería reclamarla.

De hecho, sabe amargo, especialmente por cómo me empuja y no mira hacia atrás. Ella pasea hasta el escenario y se para allí con las otras nominadas de último año. Se muestra en el escenario de una forma superior que me dice que no puede esperar a bajarse.

Anuncian y coronan a la realeza de las clases más bajas a las más altas y guardan a los de último año para el final. No me sorprende ni un poco que digan su nombre como reina. Me pongo los dedos en la boca y chiflo fuerte, todos miran adonde estoy. Finjo adoración y aplaudo con el resto mientras Sloane acepta la corona con una sonrisa falsa y un *gracias* gritado.

Me siento como un completo cretino cuando se baja del escenario y se aleja de mí, directo al baño.

* * *

Sloane

Me escondo en el baño y apoyo la espalda contra la puerta para exhalar.

Todo es simplemente tan vacío. Cuando llegué a la secundaria Cave Hills, mantuve la cabeza en alto, arrojé mi cabello hacia atrás y fingí como lo hago tan bien. No quería que nadie conociera mi pasado, así que me volví su reina.

Pero ahora estoy un poco mareada por estar en el escenario. No quiero esta maldita corona. Claro, me encantó que me coronaran realeza del Baile de Bienvenida cada año de secundaria de Grosse Pointe, pero eso se siente como que ocurrió hace un millón y medio de años.

Entonces era una persona diferente. Una princesa adinerada pero olvidada de un corredor de bolsa. Las coronas y la popularidad me ayudaron a llenar el vacío que dejaba mi vida en casa.

Ahora, sé que es una mentira. Supe qué decir y cómo actuar para ganarme su cariño. Soy un poco taciturna, con actitud ser soy-mejor-que-tú y tengo toda la ropa y accesorios adecuados, excepto el coche. Y por supuesto, soy linda. Supongo que es suficiente para ganar el lugar de reina del baile de bienvenida.

Nadie allí afuera es realmente mi amigo. Nadie tiene idea de quién es realmente Sloane McCormick. La chica que básicamente sufre del síndrome del impostor. Nunca sentí que merecía el espacio que ocupaba. Se enfrentarían conmigo en un segundo si supieran quién fue mi padre. Lo que hizo. Lo que he hecho para salvar mi trasero.

Y tener a Bo allí afuera siendo testigo de todo, de algún modo me hace sentir que todas las roturas en mi armadura son visibles. Antes, nadie miraba de cerca.

Pero él sí lo hace. Él nota demasiado, ese tipo. Y sé que se está burlando de mí en todo momento.

Y, sin embargo, lo loco es lo adictiva que es también su atención. Estoy escapando de ella, pero parte de mí no puede esperar a salir a la pista y volver a bailar con él. Mirar ese rostro precioso y seguir mostrándole el dedo.

Así que salgo del cubículo, me reaplico el brillo labial y vuelvo a la pista. Encuentro a Bo con mis amigas en una de las mesas, bebiendo ponche y agua con hielo y riendo. Saco una silla, pero Bo me lleva a su regazo, su brazo fuerte rodea mi cintura.

Esto es actuación. Intenta hacerme sentir incómoda, así que como en la pista de baile, mi mejor solución es seguirle el juego. Paso el brazo alrededor de sus hombros fuertes, me inclino y le muerdo la oreja. Un poco fuerte.

Su brazo se tensa alrededor de mi cintura.

—Cuidado, —murmura—. O te castigaré más tarde. —Su mano sube por mi pierna. Él mueve las piernas, y la mía sobre la suya, para que estén bajo la mesa, escondidas por el mantel. Luego desliza su palma callosa justo hasta mi muslo interno.

Aprieto las piernas para evitar que siga subiendo antes de llegar al ápice.

—Mmm, —ronronea y me muerde el hombro—. Creo que Tyler definitivamente habría llegado a la tercera base, ¿no crees? —Su voz atrevida es un murmuro contra mi piel. Es demasiado bajo para que lo escuchen mis amigas. Suficiente como para prender fuego mis bragas.

Me muevo un poco sobre su regazo y él se queja, me deja saber que tiene el miembro duro contra mi trasero.

—Vamos, Piernas. Abre un poquito más esos muslos para mí.

No quiero hacerlo. Bueno, eso no es verdad; quiero con desesperación. Ese es el problema. Pero no debería. Bo está aquí para provocarme, y esta tortura puede ser mi error.

Y no puedo evitarlo.

Mis muslos se separan un poco, sólo un poquito, y sus dedos se deslizan más arriba, rozando el refuerzo de mis bragas.

Me puse una tanga sensual, un hilo, en realidad. Evidentemente alguna parte de mí sabía que esta noche dejaría que este jugador estuviera debajo de mi falda.

Él se toma su tiempo, me provoca con las caricias más de pluma sobre la seda de mis bragas. Tiene el efecto de volver más sensible cada parte de mi cuerpo. Me hace disfrutar la sensación, que se encienda cada receptor.

Luego desliza un dedo por debajo.

Cierro los labios alrededor de un jadeo. Mi suelo pélvico se levanta y aprieta al mismo tiempo que mis muslos se abren bien para él.

—Eso es, dulzura. Abre para mí.

Mis pezones están quemando contra mi vestido, son fuentes de calor. Y estoy mojada. Tan mojada que da vergüenza. Él inicia una exploración lenta de mis partes femeninas hinchadas y tengo que esforzarme para no jadear. Para evitar gemir. Cada parte se siente maravillosa.

Besa mi cuello y prueba mi entrada con su dedo. Cuando me tenso, se aleja y explora mi clítoris hasta que se me acelera la respiración y estoy retorciéndome sobre su regazo. Luego me da un golpecito, como una pequeña nalgada, y saca los dedos; se los lleva a la boca para lamerlos.

Tomo su muñeca e intento bajarla, horrorizada de que alguien pueda vernos y adivinar lo que ha estado haciendo, pero es realmente fuerte. No lo muevo ni un poco. Me sonríe alrededor de sus dedos; sus ojos lucen plateados con la luz tenue.

—Definitivamente quiero más de eso, —me dice.

Me bajo de su regazo, demasiado excitada para un baile de secundaria.

—Tengo que ir al baño.

—Puedes correr, pero no esconderte. —Murmura Bo, con su sonrisa pirata plena, sus ojos que guiñan con travesura.

Maldito sea por ser tan atractivo.

Maldito sea por lograr provocarme.

Escapo antes de que pueda causar más daños.

Bo

Tengo que mantenerme en el asiento por un minuto hasta poder tener mi erección bajo control. Luego salgo por las puertas traseras para respirar un poco. Saco el teléfono y reviso si hay algún mensaje de Winslow.

—Ey, ¿ese tipo no es uno de los jugadores de Wolf Ridge?

Mierda.

Es un jugador de fútbol de Cave Hills.

¿Cuáles son las chances de que me reconozcan aquí? Llevamos cascos y camisetas iguales. No debería ser fácil distinguirme.

—Sí, es él.

—Vino con Sloane McCormick, —ofrece otro jugador servicial.

—Ni lo digas.

El equipo se acerca; su alfa (porque los humanos también tienen alfas, aunque no entiendan las dinámicas de las manadas) a la cabecera.

Siento la agresión de su parte de inmediato y mi lobo gruñe, pero lo contengo.

Este es uno de esos casos sobre los que el Entrenador nos habla una y otra vez. No peleamos con humanos. No importa lo estúpidos o molestos que sean. Debemos suprimir las ganas de mostrar nuestro dominio.

Porque, por supuesto, los dominaríamos en una pelea. Ningún humano tendría chances contra nuestra fuerza superior.

Si fuera inteligente, voltearía y entraría a la escuela ahora mismo.

Encontraría a Sloane. Le preguntaría si quiere irse a casa.

Pero mi lobo no me deja esconder la cola y correr. Puede que no me dejen pelear, pero lo que no puedo es esconderme.

Me inclino contra la pared de ladrillos y los veo acercarse, sus pechos inflados en pose. —¿Qué sucede, pendejos?

Su líder toma mi camiseta y me choca contra la pared.

Tengo que concentrarme para relajar los músculos. No ceder ante el instinto de golpearlo.

—¿En serio? ¿Ustedes nos llaman pendejos? Creo que esta noche estás en nuestro territorio.

—Nah. Somos los dueños del maldito estado, idiota. Todo esto es mi territorio.

Es estúpido, lo sé. El entrenador Jamison me hubiera cortado las bolas por regodearme ante él, pero no puedo evitarlo. Estos tipos son unos payasos; se pasean como unos pavos reales.

Él me lanza un golpe, y lo esquivo. Pero sus amigos se mueven rápido. Me sostienen los brazos mientras me golpea las costillas un par de veces. Podría sacármelos de encima. Sería tan sencillo. Podría aplastar a estos tres pequeños pendejos, pero este es uno de esos momentos en el que tengo que tomar uno por la manada.

No siempre podemos salir ganando; el mundo humano empezaría a sospechar.

Él me da el rostro y se me llena la boca de sangre. O me bajó un diente o me rompió el labio. No importa; sanará en una hora o dos.

Lo que sí importa, lo que realmente me molesta, es que Sloane elija este momento para salir.

Empujo a uno de los tipos para sacármelo de encima y liberar mi brazo derecho, incluso mientras intento calmarme a mí mismo.

Pero me salvo de tener que golpear a uno cuando Sloane se acerca gritando,

—Aléjense. De. Mi. Novio.

Se me aflojan los músculos de nuevo y sonrío como un idiota.

Los alfa-diotas se divertirán mucho cuando les cuente.

Salvado por una chica.

Una humana.

El labio del horrendo líder se curva con furia.

—¿*Este* es tu novio? —Me lanza otro golpe, pero lo esquivo—. Dijiste que tenías un novio en Detroit.

—Así fue. Hasta que conocí a Bo.

Eh.

No sé a qué está jugando, pero lo estoy disfrutando mucho ¿Ahora me está reclamando como novio?

Realmente no le debe caer bien este idiota.

Me lanza otro golpe y empiezo a esquivar, pero a último momento, cambio de opinión y dejo que me dé. Me golpea la mandíbula.

—¡Detente! —Grita Sloane. La preocupación genuina en su voz altera a mi lobo como si necesitara protegerla. Por supuesto, ella está gritando por mí—. ¡Déjalo ir!

—¿Por qué saldrías con este tipo? —Él me empuja, lo que hace que su amigo que sostiene mi brazo pierda el equilibro—. ¿No sabes que es de Wolf Ridge?

El disgusto de Sloane ya es evidente. Ella mira mal al tipo con asco puro.

—Estoy segura de que eso significa algo para ti, pero olvidas que no soy de aquí. No significa absolutamente nada para mí.

—Son unos campesinos ignorantes, —empieza a explicar su compañero de equipo—. Basura blanca endogámica que son tontos como una piedra, pero pueden taclear. Todo lo que saben hacer es jugar deportes, pero ninguno va a la universidad.

No lo golpeo. Sería demasiado sencillo. En vez de eso, me deshago de su agarre y camino de forma engreída hasta Sloane.

—El único que está mostrando su ignorancia ahora

mismo eres tú, Brian, —responde Sloane, quien toma mi mano. Ella me aleja del edificio, hacia el estacionamiento.

La dejo guiarme hasta que damos la vuelta a la esquina y luego pongo el brazo alrededor de sus hombros como si necesitara ayuda. Ella acaba de ver que me golpearon el trasero. Tengo que actuar al menos un poco herido.

—Oh, Dios, ¿estás bien?

Le dedico otra sonrisa amplia. Sigo sintiendo el gusto de la sangre en mi boca, así que probablemente sea colorido.

—¿Por qué sonríes?

—Tú, me rescataste *a mí*.

—No creas que eso significa que me gustas.

Abro la puerta del pasajero del Mustang de Winslow.

—Creo que sí te gusto, Piernas.

Después de que entra, doy la vuelta y enciendo el coche. Todavía es temprano; hay tiempo para llevarla a algún lado. Esa idea me resulta atractiva, pero no tanto como llevarla a casa, teniendo en cuenta que pienso volver a pasar la noche en su habitación.

Y no en el suelo.

Salgo y ella se quita la corona, la arroja sobre el tablero, luego juega con la antigua radio del coche hasta que engancha una estación.

Estaciono frente a la casa adosada de su tía y apago el coche.

—No tienes que acompañarme hasta la puerta.

—Oh, pero sí tengo que hacerlo. Le prometí a tu tía que sería respetuoso.

Ella se mofa mientras sale del coche y cierra la puerta, yendo rápido hasta la casa adosada como si no pudiera esperar a deshacerse de mí.

Tengo que apresurarme para alcanzarla, pero mis

piernas son más largas. La alcanzo y tomo el pestillo antes que ella.

—¿Qué, sin beso?

—Claro que no. —Ella me empuja.

Pero quiero el beso. Lo deseo mucho. Es hora de dejar de ser un pendejo.

Deslizo la mano por debajo de su cabello.

—Sólo uno, —insisto—. Haré que sea bueno.

Ella duda, la indecisión brilla en sus ojos café. También lo quiere. Sólo que no confía en mí.

Bajo la cabeza. Rozo mis labios con los suyos, probando. Ella no se aleja. Hago más contacto, pero sigue siendo leve.

Ella me devuelve el beso, sólo un poco.

Paso el brazo alrededor de su cintura y hago que sea más profundo. Todo se siente bien.

Correcto.

Cómo sabe. Cómo su cuerpo encaja con el mío. La forma dudosa en la que se entrega a mí.

Presiono su espalda contra la puerta y voy a fondo. Paso la lengua entre sus labios. Bajo la mano a su trasero.

Ella se relaja aún más. Me deja.

—Sabes a sangre, —murmura cuando la dejo respirar.

Levanto el mentón hacia su habitación arriba.

—Déjame entrar y me cepillaré los dientes.

Ella lo piensa con párpados pesados, luego abre la puerta y entra.

Lo tomo como un sí y apenas aguanto las ganas de tocarme cuando subo al Mustang para estacionarlo en algún lugar cercano que su tía no vea.

Me quito la cortaba y la chaqueta en el coche y tomo mi mochila con un cambio de ropa y el cargador del teléfono y meto su corona del tablero. Luego vuelvo en la oscuridad y me subo sin hacer ruido al techo del porche.

Sloane está parada junto a su ventana abierta y me ve acercarme.

—Haces que luzca sencillo.

Me encojo de hombros y saco el mosquitero para entrar.

—Lo es. *Porque tengo una fuerte sobrenatural.* Pero dejaré que esté impresionada, sólo esta vez.

Ella puso música; probablemente para tapar cualquier sonido que haga.

Busco en la mochila y le paso la corona, contengo todos los comentarios de princesa que se me vienen a la mente. En vez de eso, dejo la mochila y paso el índice por las tiras de su vestido negro.

—Esta noche fuiste la reina indiscutible.

Ella se ríe, y desestima el halago, pero me permite tocarla. Señala la sangre que cayó sobre mi camisa blanca.

—Lamento que los chicos de mi escuela fueran tan idiotas.

—Nah, estoy bien. Puede que los haya alentado un poco.

—¿Cuando son tres contra uno? ¿Te parece inteligente?

Me encojo de hombros. El agujero en mi labio ya está algo sanado, pero ella no lo sabe.

—Tienes razón. Fue estúpido. —Sonrío y me dirijo al baño para cepillarme el gusto a hierro de la boca, así me volverá a besar.

Cuando regreso, descubro que no se ha movido. Sólo está parada allí, mirándome.

Pensando.

No, está nerviosa.

No sé por qué no lo noté antes, pero ahora sí. Cuando escucho de cerca, noto que su corazón late más fuerte de lo que debería. Huelo algo de miedo en su aroma, mezclado con excitación.

Sloane McCormick—la diosa hermosa y llena de sexo entre los humanos, ¿está nerviosa con un tipo? ¿Conmigo?

Me sentiría halagado, pero no creo que sea por mí.

Se ha sentido bastante cómoda conmigo desde el principio. No intentamos impresionar al otro; nos molestamos.

Me acerco a ella, tomo la parte de atrás de su cabeza y llevo mis labios contra los suyos.

Un escalofrío la recorre y luego empieza a abrirlos de a poco. Ella se acerca a mí, pone las manos sobre mis costillas.

—Ey, hermosa, —digo suavemente cuando dejamos de besarnos. Le acaricio la mejilla con el pulgar—. ¿Esta es tu primera vez?

Se pone tensa; sus ojos vuelan a los míos.

—No estés nerviosa. Haré que sea buena; lo prometo. — Paso el antebrazo debajo de su trasero y la levanto hasta mi cintura, camino un par de pasos hacia adelante para bajarla en la cama.

La vulnerabilidad aparece en su rostro y me hace querer matar dragones por ella.

—¿Cómo lo supiste?

Muerdo su muslo interno me deslizo para acomodar la cabeza entre sus piernas.

—Lo deduje.

Estoy esperando algún tipo de protesta, pero todo lo que siento es alivio. Ella baja la cabeza para apoyarla sobre la cama y me deja separar bien sus muslos.

Lleva un par de bragas que vi en su cajón: una tanga negra de satén que es fácil de empujar a un lado. Su vagina está totalmente depilada.

Para mí.

La lamo, pongo sus muslos sobre mis hombros y acomodo las manos alrededor de su trasero. Cuando levanta la cadera de la cama, me hundo más, la penetro con la lengua, golpeteo contra sus fluidos. Investigo sus partes de princesa hasta encontrar su clítoris. Se hincha cuando muevo la capucha para lamerlo y ella cierra las rodillas alrededor de mis orejas.

Muevo la lengua, hago círculos alrededor de su clítoris hasta que se ensancha tanto que puedo succionarlo. Y luego fijo los labios por encima y tiro mientras meto un dedo dentro de ella.

Se arquea, aprieta mi dedo y deja salir un gemido entrecortado.

—Quítate la ropa, Músculos, —me ordena.

Le sonrío.

—¿Crees que darás las órdenes esta noche, reinita?

Ella asiente.

—Definitivamente seré la que dé las órdenes. —Su voz es rasposa y cargada. Me pone más duro que una piedra.

Saco el dedo.

Muy bien, sí. Dejaré que dé las órdenes. Es su espectáculo. Pero le bajo las bragas mientras salgo de la cama.

Ella me ayuda, me mira con párpados pesados.

—Quítatela, —gesticula.

—Te escuché, princesa. —Me desabrocho la camisa y me la quito, luego la camiseta blanca que está debajo. Me dejo las etiquetas de perro porque nunca me las saco.

Ella mira mientras me quito el cinturón y libero mi erección. Busco rápidamente un condón en el bolsillo mientras me quito los pantalones y abro el paquete.

Se me ocurre que podría dejarme otra vez con las bolas azules. Hacerme parar aquí con el pene en la mano y luego decirme que me vaya a la mierda.

Pero una simple mirada a su rostro me dice que no sucederá. Tiene las mejillas ruborizadas, los ojos vidriosos. Lo quiere.

Me pongo el condón y mantengo la mirada unida a la suya. El cierre está al costado de su vestido y lo bajo, luego le quito el forro con facilidad para que esté desnuda.

Está tan lista para el porno y es tan hermosa como lo imaginé. Sus tetas son tan firmes como manzanas con pezones que se inclinan hacia arriba. Su barriga es plana; allí está la marca de belleza que noté anoche.

—¿Quieres el vibrador otra vez?

Es sorprendente lo diferente que me siento al respecto comparado con anoche. Ahora que sé que no hay novio. Que no tiene para nada la experiencia que finge tener.

Ella niega con la cabeza y mira mi pene.

—Quiero eso.

No puedo evitar la sonrisa kilométrica que se expande por mi rostro.

—¿Sí? —Me subo encima de ella—. ¿Crees que puedes con esto? Tomo mi miembro y lo sacudo. La estoy provocando porque sé que la calmará. Está cómoda cuando hay un desafío sobre la mesa.

—Por favor, no eres tan grande.

Sonrío.

—Famosas últimas palabras.

Ella intenta juntas las rodillas.

—Espera, espera, espera.

Por supuesto que lo hago.

—En realidad eres enorme. ¿Necesitamos lubricante?

Paso la cabeza de mi pene cubierto por sus muchos fluidos.

—¿Si los necesitamos, dulzura? Te sientes bastante mojada a mi parecer. Pero con gusto lo pondré resbaladizo si tienes algo.

—No importa. Sólo inténtalo.

Está nerviosa otra vez. Quiero que lo supere, así podrá disfrutar.

Tomo sus muñecas y las pongo por encima de su cabeza con una mano y agarro mi miembro con la otra, alineándolo con su entrada. Me muevo de a poco, aplico un poco de presión hasta que entra la punta. Luego un poco más. Está ajustada, pero mojada, y entro. No siento ninguna barrera. Un par de empujones suaves más y estoy completamente adentro, abriéndola bien. Me quedo en lo profundo y dejo que se acomode.

—¿Estás bien?

Ella asiente. No parece que estuviera particularmente dolorida, pero tampoco sintiendo placer.

Me salgo.

—Ven aquí. —Me pongo boca arriba a su lado—. Muévete tú. Eres la reina esta noche. Toma lo que necesites.

Ella se sube, sin dudarlo. Definitivamente conozco a esta chica. Puede que todavía no sepa todos sus secretos, pero la conozco.

* * *

Sloane

No sé por qué estaba tan en contra de que Bo supiera que soy virgen. Es un dulce en la cama. Boca arriba, su cuerpo de Adonis en exhibición, es realmente un caballero. Ya no está el pendejo idiota que intentaba hacer mi vida una tortura.

Ahora es considerado y paciente. Me inclino para subir un poco más la radio, sólo por si acaso; luego paso una pierna por encima de su cintura y me levanto en posición sobre su miembro. Se mantiene firme para mí mientras bajo de a poco.

Tan. Bueno.

Comienzo a mover las caderas. Él me ayuda, toma mi trasero con sus grandes palmas. Encontramos un ritmo y lo seguimos.

Luego necesito más. Tomo sus muñecas y las dejo junto a su cabeza. Él me dedica esa sonrisa de pirata. Ambos sabemos que perdería en cualquier lucha real con él, pero me deja jugar. Me deja fingir que tengo más poder por una vez en nuestra relación inestable. Tomo velocidad, froto mi clítoris hacia adelante y hacia atrás mientras me muevo sobre él.

Es asombroso. Quiero más. Todo.

—¿Quieres que te toque, princesa? Déjame tocarte.

No estoy segura de a qué se refiere exactamente, pero le suelto las muñecas. Él lleva el pulgar a mi clítoris y empieza a frotar. Con la otra mano, busca por detrás y presiona uno de sus dedos contra mi ano.

Contengo un grito por la atención repentina. De sensaciones. Estoy moviéndome, cabalgándolo como si fuera un caballo salvaje. Es demasiado: la pérdida de control, el pánico por el orgasmo que se me avecina. Me caigo hacia el costado cuando me parte al medio.

Bo es un príncipe porque me sigue y se mantiene dentro de mí, se encarga de empujar mientras sigue frotando mi clítoris. Ola tras ola gloriosa de placer me recorren mientras acallo mis gritos y jadeos contra las mantas.

Bo empuja una de mis rodillas hacia mi pecho y va hacia su meta final, golpea contra mí en esta posición torcida, de lado.

Lo miro, sorprendida por mi propio orgasmo. Sorprendida por verlo: este espécimen espectacular de hombre, con músculos marcados y poder. Si antes era respetuoso, ahora ya no lo es.

Ahora no es nada más que una necesidad pura y animal. Obtuve lo mío y ahora busca lo suyo. Y lo tomará. Una chica más tímida podría asustarse con este despliegue. La intensidad. La pérdida de control. No habría cómo detenerlo, si quisiera. Pero definitivamente no quiero. Estoy maravillada, fascinada por su virilidad sin remordimientos.

Su rostro se contorsiona, como adolorido, y luego golpea contra mi centro y se queda, con los ojos cerrados.

Pero un segundo después, sus ojos se abren de golpe y encuentran mi rostro.

—Mierda, ¿estás bien? ¿Fui muy duro?

Niego con la cabeza. Lo fue, pero no se lo diría, y no por orgullo esta vez. Porque aprendí algo sobre mí: Me gusta duro. Me dolerá, ya me duele, pero mierda, ¡el sexo es divertido! No sé por qué me lo negué por tanto tiempo.

Puse demasiadas barreras, supongo. No estaba dispuesta a dejar que nadie me viera en una posición vulnerable. Es difícil creer que de toda la gente que dejé entrar, elegí a Bo Fenton, el tipo que me odia.

Sólo que quizá no lo haga. Ya no.

Quizá nunca lo hizo.

¿Todo esto fue una atracción loca y animal que ambos resentimos porque no se suponía que estuviéramos juntos?

Yo porque no puedo. ¿Y él porque me culpa por lo que le pasó a su hermano?

Me sigue mirando, su expresión es casi tierna. Se acerca y rasguea mi pezón con la yema de su dedo gordo.

—¿Estás bien?

Asiento.

—¿Adolorida?

—Sí, un poco.

Él se estremece y sale.

—Perdón. Perdí el control al final. —Voltea y va hacia el baño, me da una vista completa de su trasero bien definido. Me gusta lo desvergonzado que es sobre estar desnudo. Pero con un cuerpo así, ¿quién no lo sería?

Tomo su camiseta del suelo y me la pongo, no soy tan poco modesta.

Cuando regresa, me dice,

—Envolví el condón en un montón de papel higiénico. ¿Crees que eso esté bien? ¿Quién vacía la basura?

—¡Oh! Em, me aseguraré de sacarlo.

Oh Dios, creo que me estoy sonrojando. Bo se me acerca, acomoda las manos en mi cintura, acaricia la tela de su camiseta por los lados.

—Me gustas con mi ropa. Mucho.

Que dios me ayuda, parece sincero. Y eso, más que nada, me aterra.

La enemistad de perro y gato que teníamos me funcionaba. Sabía cómo manejarla. ¿Pero esto? No puedo con esto.

Él pasa su gran pata detrás de mi cabeza y lleva mi rostro al suyo para darme otro beso que me hace temblar las rodillas. Quiero rendirme ante este beso. Quiero rendirme ante él, sólo entregarme a lo que sea que sea esto, lo que carajos sea que quiera.

Pero es demasiado peligroso.

Mi corazón no puede estar en juego aquí.

Necesito tener el efectivo suficiente para cuando regrese el tipo de la mafia o estoy jodida. Y Bo es una distracción, en el mejor de los casos. Más como una debilidad. Y si la policía no atrapa juntos, nos unirán rápidamente. Podría terminar en la cárcel. Bo podría terminar con cargos en su contra, y no ha hecho nada. Y Rikki podría terminar desnuda en una jaula con una bola de mordaza en la boca.

—Bo. —Presiono las manos contra su pecho y alejo el rostro—. Es hora de que te vayas.

Él toma mi mandíbula y me hace voltear a verlo. Nuestras frentes casi se tocan, pero el clima ha cambiado dramáticamente. Un hilo de tensión corre por él. Está hiper alerta, como si supiera exactamente qué estoy pensando. Qué planeo.

—No sucederá, dulzura.

—No resolverás los problemas de Winslow quedándote aquí. Si estás conmigo mañana, tu vida podría volverse mucho peor.

—¿Tendrás otro trabajo?

A este tipo no se le pasa mucho.

Trago saliva y asiento. Tengo que robar *y* vender un coche mañana, lo que significa que no tengo tiempo para conseguir un título. Tendré que seguir la ruta más peligrosa y estúpida para los ladrones de coches. Hacerlo cruzar el borde hacia México y tendré suerte si consigo un tercio de su valor.

Tengo el nombre y el teléfono de un tipo a quién llamar cuando consiga el coche, y él me dará instrucciones para encontrarnos.

Las posibilidades de siquiera salir del país sin que me descubran son pocas, pero debo intentarlo.

Su mano se tensa sobre mi mandíbula.

—¿Por qué, Sloane? ¿Cuál es el problema?

No puedo alejarme, me está sosteniendo con demasiada fuerza. Tomo su muñeca y la toco, le ruego piedad.

—Suéltame.

Sus ojos se entrecierran, pero después de un momento,

me suelta y maldice. Se aleja y toma sus bóxeres y se los pone.

—Winslow no querría que fueras parte de esto. Así que aléjate ahora, Bo. Ya me castigaste lo suficiente. No arruines tu propia vida.

Él se queda quieto, mira por la ventana como si lo pensara. Intento pasar a su lado para buscar unos pantalones cortos que ponerme, pero me toma por alrededor de la cintura y me vuelve a llevar contra él.

Me quedo sin aliento en un instante.

Su brazo es como una banda de hierro, pero su cabeza descansa contra la mía, como si bailáramos un lento.

—Me iré en la mañana, —murmura contra mi oído.

Una sensación cálida me recorre.

Se quedará por mí. O sea, por él. Porque quiere estar conmigo.

No torturarme. No encontrar a Winslow.

Quiere pasar la noche.

Yo también quiero que pase la noche.

Sobre todo ahora que sé que se irá. Cubro su antebrazo con mi mano y aprieto. Él me muerde la oreja y de repente me levanta, me tiene en sus brazos.

Me lleva a la cama y me arroja encima.

La cabecera choca contra la pared y me llevo un dedo a los labios como advertencia.

Él sólo me sonríe, sus ojos plateados brillan peligrosamente con la luz de la lámpara. Hermosa.

—¿Cómo no tienes novia? —Digo de repente. Realmente parece imposible.

Él se encoje de hombros.

—Porque soy un idiota.

Me río porque es verdad. Él *es* un idiota. Y también

porque es mentira. Hay mucho más en él que su actitud engreída.

Se sube encima de mí. Las etiquetas de perro se deslizan por su pecho perfecto mientras se mueve.

—¿Quieres saber cómo nos dicen a mis amigos y a mí en la escuela?

Más calidez me inunda. Está compartiendo una parte de él. Es un momento de normalidad entre nosotros. Algo que no hemos tenido tanto.

—¿Cómo?

—Los alfa-diotas. Porque somos todos idiotas con patas.

Llevo las manos a sus músculos y aprieto para sentir su dureza. Luego me estiro para tocar la etiqueta militar.

Casi de inmediato, el aire cambia. Él toma mi mano para evitar que mire. Nos miramos fijo.

—¿Quién murió? —Le pregunto con suavidad.

Él calla por un momento. Hay un aire de resentimiento en su mirada, pero finalmente dice,

—Mi papá.

—Lo siento.

—Me suelta la mano y me deja voltear la etiqueta para leerla.

Theodore Fenton, Marina de la Armada.

—¿Cuántos años tenías? —Susurro.

—Ocho. —Él se acomoda a mi lado, ya no está juguetón. Pero no me puedo arrepentir de este momento. De ver las heridas de Bo expuestas.

—Dime las tuyas, —dice después de un momento.

¿Mis qué? Pero no pregunto. Sé a qué se refiere. Mi herida. Mi dolor. Lo que no quiero que vea la gente.

No puedo contarle de la mafia, pero puedo decirle lo que sabría cualquier tonto que me googleara.

—Mi papá fue a la cárcel por malversación de fondos. Por eso me mudé aquí.

Bo le apoya en su antebrazo, frunce el ceño mientras analiza mi rostro. Quita algunos mechones de cabello de mi rostro.

—¿Sí?

Asiento.

—Éramos ricos. Vivíamos en el mejor barrio. Conducía el viejo Beamer de papá al colegio. Y luego pum. Un día llegaron los federales y allanaron la casa. Arrestaron a mi papá y se fueron con todo menos mis posesiones personales. Y lo perdí todo. Él se suicidó en la cárcel hace seis semanas.

Esa es la parte con la que no he lidiado. No por completo. No con mi culpa por no hablarle después de ir a prisión. Por no abrir las cartas que me mandó antes de morir. Las que podrían haber tenido la información que el mafioso quiere sacarme a la fuerza.

—Mierda, Sloane. Eso es duro. —Bo pasa el dedo índice con suavidad sobre mi piel; empieza en mi clavícula y baja hasta estar entre mis pechos, luego vuelve a mi pezón—. ¿Tu mamá?

—Murió cuando daba a luz. Mi papá y yo no éramos cercanos. Él era bastante formal y distante y creo que me resentía por la muerte de mi madre. Pero fue lo que conocí.

—¿Tu tía es su hermana?

—No, de mi mamá. Así que apenas la conocía. Pero es genial. Debería estar más agradecida porque me recibieran. Sólo odio... —se me quiebra la voz y dejo de hablar. Esto es demasiado.

Bo toca mi mentón para verme de nuevo a la cara.

—¿Qué odias?

Las lágrimas invaden mis ojos.

—No lo sé.

—Sí, sabes. Dime.

—Sólo estoy de puntas de pie por todos lados, con miedo de que cualquier día me echen y vuelva a perderlo todo. O sea, ¿qué pasará cuando me gradúe? No hay dinero para la universidad. Pude que consiga algo de dinero de una beca, pero no lo suficiente. Ni siquiera sé qué haré.

Y eso es *si* sobrevivo al próximo mes con la situación de la mafia. Sus dedos se abren sobre mi barriga.

—¿Por eso robas coches? ¿Para la universidad?

Resoplo.

—No.

Mi respuesta llegó demasiado rápido. Debería haber dejado que crea eso. No es una mala historia.

—¿Entonces por qué?

—Suficientes preguntas. —Intento voltear, pero me toma por la cintura y vuelve a llevarme hacia él.

—Bueno.

—¿Bueno? —Me sorprende que esté de acuerdo.

—Sí, te dejaré en paz. —Él se acomoda boca arriba con las manos detrás de la cabeza. Me estiro y apago la lámpara.

Quiero quedarme mirando para el otro lado, pero no se siente bien, así que giro para enfrentarlo.

—¿Todavía harás el trabajo mañana?

Se me hace un nudo el estómago. Debo hacerlo. El mafioso volverá pronto, y no tengo sus lingotes de oro y su cuadro. Así que será mejor que tenga algo para darle. Para comprar mi propia libertad.

—Sí.

Exhala, como si estuviera decepcionado.

—No quiero ayudarte, —le dice a la oscuridad.

Sus palabras me dan en el plexo solar como un golpe. Hay resentimiento en ellas, y sin embargo entiendo el subtexto. No quiere hacerlo, pero lo hace.

—No me ayudarás, —digo con firmeza—. Winslow me hizo prometerle que no te haría parte de esto.

—¿Entonces cómo lo venderás?

—Tengo un plan. —La calidad defensiva de mi voz probablemente le dé una pista de que hay fallas en mi plan, pero no me importa. No le pediré que se involucre. Aunque una pintura rápida podría darle al robo una chance de éxito. No, lo mantendré fuera de esto.

—Tienes un plan. —Su voz se llena de incredulidad.

—¿Bo? Si te quedas esta noche, no serás un idiota.

En la oscuridad, creo ver que se levantan las comisuras de sus labios. Él entierra el rostro en mi cuello.

—Mírate, poniendo orden, —ronronea en mi oído. Me muerde el cuello, luego lo besa—. Sólo porque te dejo cabalgarme no significa que tú estás al mando.

—Esta noche lo estoy.

No sé por qué creo que puedo. Su amenaza de anoche de entregarme a la policía todavía sigue firme, pero ambos sabemos que no lo hará. Al igual de que yo no alertaría a mi tía de su presencia. Él me dejará dar las órdenes sólo porque quiero. Porque a pesar de su idiotez, sí me respeta.

Y quizás porque lo dejé tomar mi virginidad esta noche, pero no quiero aferrarme a eso; es demasiado limitado y cliché.

Pero sí, porque hemos tenido intimidad; por eso. Algunas de nuestras barreras han bajado, y una relación nueva crece por debajo. Hasta amistad. Y los amigos respetan los límites del otro.

Él vuelve a besarme el cuello y lo tomo como que está de acuerdo. Con una gran mano sobre mi cadera, me hace mirar al otro lado y se acomoda contra mi espalda.

—¿Esto es hacer cucharita? —murmura en mi oído.

No puedo contener la risa que sale de mi garganta.

—Sip.

—Eres mi primera cucharita, Sloane McCormick.

—Tú eres mi primera cabalgata.

Me muerde el hombro.

—Te gustó.

—Así fue.

—Cuando sea que quieras cabalgar sobre mi verga, está a tu disposición, princesa. Dicha anatomía se sacude contra mi trasero.

—Sabes justo cómo arruinar un momento, ¿verdad, Fenton?

Él se ríe en mi oído y me lleva más cerca.

—¿Ahora es Fenton, entonces? Sí, bueno, te dije que era un idiota. Deberías haberme creído.

—Y yo te dije... —Dejo que la parte no dicha del resto de esa oración quede en el aire entre nosotros. En realidad no quiero echarlo. Esto es lo más cercano que me he sentido a otra persona en un largo tiempo. Quizás en la vida. Y mi cuerpo está ronroneando con el placer que me ha mostrado y que sigue brindando.

—Lo hiciste. Cállate.

—Gracias. —Me acurruco de nuevo junto a él; el calor irradia de mis extremidades.

Mañana cortaremos estos lazos, pero sólo por esta noche, puedo disfrutar de sentirme abrazada en los brazos de un tipo. Un tipo muy sensual y muy maravilloso con el que no puedo quedarme.

Capítulo ocho

B*o* —¡Feliz cumpleaños, Sloane! —cantan dos felices voces femeninas.

¡Mierda!

Me voy al otro lado de la cama y me meto por debajo justo cuando se abre la puerta de la habitación de Sloane de par en par.

Escuché el sonido de voces abajo, y debería haberme levantado, cambiado y salido de aquí, pero no podía convencerme de salir de la cama de Sloane. No cuando abrazarla se sintió tan bien.

No cuando eso significaba decir adiós.

Miro dos pares de pie entrar a la habitación y pararse de la parte de adentro de la puerta. Luego las voces cantan «Feliz cumpleaños».

Es dulce, pero temo que Sloane esté muy asustada por mi presencia debajo de la cama como para apreciarlo. Detecto el aroma de algo dulce y chocolatoso y la cera de una vela encendida.

—Oh por dios, chicas. Gracias.

Me encanta la voz rasposa de Sloane. Es tan sensual. Ella sopla y el leve aroma a humo llega a mis fosas nasales. Una vela, probablemente. En un cupcake. O quizás una magdalena.

—Felices dieciocho, dulzura, —dice su tía—. Sé que no pensabas que los pasarías así, pero quiero que sepas lo mucho que amamos tenerte aquí.

Al principio Sloane no responde; supongo que está conteniendo las lágrimas.

—Gracias, —dice.

—¿Algún plan para hoy?

—Em... sí. Me encontraré con Bo, mi cita de anoche. Estaremos juntos todo el día. Quizás también esta noche, no estoy segura.

Mi estómago se tensa. Estaría satisfecho si pensara que es verdad, pero me doy cuenta de inmediato que soy su coartada.

Para el trabajo que piensa hacer hoy.

Y tiene razón, debería simplemente irme y dejar que lo haga. Alejarme y nunca mirar atrás.

Pero no me gusta la idea de que haga este trabajo sola. Creo que es muy capaz, pero es humana. Frágil. Si le dispara la policía, no se recuperará.

Y simplemente no me gusta.

—Eso es genial, —dice su tía desde arriba de la cama—. ¿Bueno quizá mañana podamos celebrar juntas tu cumpleaños? ¿Ir a cenar o algo así?

—Sí, gracias. Eso suena divertido.

—¿Quieres tu regalo ahora? —Pregunta Rikki.

—Oh, no tenían que comprarme un regalo, —protesta Sloane.

De repente me enoja mucho no haber pensado en comprarle uno. Sabía que hoy era su cumpleaños; lo vi el jueves en su licencia. Pero eso parece haber sido hace un millón de años. Antes de que un océano de cambio pasara entre nosotros.

Antes de saber en qué consistía su dolor.

Pérdida, pero también insuficiencia. Se siente ajena, no cree pertenecer a la casa adosada, con estas personas. Suena a que nunca sintió que pertenecía con su padre.

Y todo lo que he hecho es machucar un poco más ese sentimiento.

El arrepentimiento me recorre. No me sorprende que me dejara molestarla; sentirse culpable es algo que le resuena.

—Tenemos un regalo, —le dice Rikki—. ¿Lo guardamos para la cena de mañana?

—Sí, guardémoslo para la celebración, —dice Sloane. La cama se mueve cuando se baja—. No puedo esperar. —Sus pies descalzos se mueven hacia el baño—. Iré a ducharme. Gracias por mi magdalena de cumpleaños. Ella intenta sacarlas de la habitación. Chica inteligente.

—Muy bien, cariño. Hay más magdalenas abajo si quieres. Rikki horneó varias.

—Gracias, Rikki. Está delicioso.

Se cierra la puerta de su habitación y Sloane se apresura a ir a mi lado de la cama, donde estoy sentado.

—Oh por dios. —Ella se cubre la boca con la mano y se pone de rodillas frente a mí, conteniendo la risa—. ¡No puedo creer lo rápido que te bajaste de la cama!

—Qué bueno que no escucharon el golpe de mi cuerpo chocando con el suelo. —La tomo y la siento sobre mi regazo; beso su sien—. Feliz cumpleaños, princesa.

—Agh.

Claramente este cumpleaños es un detonante de todo lo que anda mal en su vida. Maldición.

Quiero arreglarlo por ella. Todo.

Y eso es imposible porque me iré hoy.

Todo lo que puedo hacer es ayudarla a olvidar. La levanto de mi regazo y me paro; luego la tomo en mis brazos.

—¿Qué estás haciendo? —Ella patalea.

—Te llevo a la ducha. ¿No ibas para allá? —La llevo al baño y pongo las trabas silenciosamente en ambas puertas antes de bajarla.

Abro la ducha.

Ella se para allí con los brazos cruzados sobre su pecho, luce adorable en mi camiseta y su cabello despeinado.

Le ofrezco la mano.

—¿Confías en mí?

Una sonrisa reticente aparece en sus labios.

—Sí. No sé por qué, pero confío. —Pone su mano sobre la mía. Me quito la camiseta por encima de la cabeza, luego dejo caer mis bóxeres en el suelo y la llevo a la tina.

Tomo el jabón y lo hago rodar en una mano, juntando espuma.

—Muy bien cumpleañera. Dime cómo quieres acabar.

Ella mira el jabón.

—¿Tienes otro condón?

Levanto las cejas.

—¿Quieres acabar con mi verga?

—Tal vez.

Tomo la base de mi verga y tiro fuerte de ella.

—No la provoques. Estoy totalmente preparado para quedarme de nuevo con las bolas azules por ti si me dices que quieres el vibrador. O mi boca. O mis dedos. Es *tu* cumpleaños, princesa.

Me encanta la sonrisa que aparece en su rostro.

—Eso es muy caballeroso de tu parte. Ella mueva la cabeza hacia su habitación. —Ve a buscar un condón.

—No tienes que pedírmelo dos veces, —murmuro y me dirijo a la habitación. Tomo un condón de mi billetera y vuelvo rápido.

Cuando regreso, sus pezones son picos duros y tiene los dedos entre las piernas.

—Oh, dulzura.

Esta chica va a acabar conmigo. Pensé que había sobrevivido a las hormonas alocadas de la pubertad, pero estoy listo para acabar antes de siquiera empezar.

Pero es su cumpleaños, y luego me iré, así que tengo que hacer que sea bueno.

Tomo la barra de jabón de nuevo y hago espuma, luego masajeo bajando por su cuello, sobre su hombro, alrededor de su pecho.

Ella pasa un dedo por mis abdominales y mi verga se asoma aún más. Acaricio su otro pecho y bajo por su vientre. Luego me arrodillo y muevo las manos hacia abajo por sus muslos.

Miro hacia arriba, entre las gotas de agua que caen sobre mis párpados, para ver su rostro cuando paso una de sus rodillas por encima de mi hombro.

Y luego se lo doy; con todo. Succiono y lamo y muerdo. La saboreo como un hombre muerto de hambre. Ella toma mis hombros, me tira del cabello, se balancea sobre una pierna.

—No dejaré que te caigas, —prometo y pongo un brazo alrededor de su cintura y la palma sobre su trasero.

—Te quiero dentro de mí, —dice.

Sonrío, y mis rodillas chasquean cuando me levanto.

—Me encanta una chica que sabe lo que quiere.

—Además no quiero quedarme sin agua caliente antes de que terminemos.

Su sonrisa ilumina todo mi mundo. Abro el envoltorio del condón y me pongo la protección.

—¿Lo quieres por atrás?

Ella duda. Bueno, claro. ¿Cómo sabría si lo quiere? Anoche fue su primera vez.

Tomo su cadera y la volteo, guío sus manos hacia la pared, luego muevo el cabezal de la ducha para que no le eche agua en la cara. —Es más fácil si estamos parados. Pero si quieres mirar mis músculos, te levantaré con gusto y te lo haré hasta el cansancio contra la otra pared.

Ella arroja su cabello mojado por encima de su hombro y me mira con pasión.

—Por aquí. Pero igual hasta el cansancio.

Froto la cabeza de contra sus fluidos.

—Tu deseo es mi orden.

Ella jadea un poco cuando entro en ella.

—¿Te sigue doliendo?

—Un poco. Pero está bien. Sigue.

Mierda. Tengo que recordar lo lento que sanan los humanos. Fui demasiado duro con ella anoche.

No es que no lo tomara de una forma hermosa.

Presiono, centímetro a centímetro hasta estar acomodado. Me estremezco por lo increíble que se siente; mi respiración se entrecorta. Pero esto se trata de ella. No puedo perder el control. Tomo sus caderas húmedas y me muevo, al principio lento. Cuando empieza a gemir, tomo velocidad. Mi visión se enfoca y se desenfoca, como si estuviera en forma de lobo, lo que no me pasó antes durante el sexo. Es casi como si mi lobo creyera que ella es mi pareja. Estoy muy encendido con esta chica.

Cuando *yo* empiezo a gemir (en realidad no, pero quiero hacerlo), me estiro para frotar su clítoris.

Ella acaba de inmediato, más rápido de lo que esperaba; su vagina apretada aprieta y suelta mi verga con apretones veloces.

No duro ni un segundo más. Cierro la boca con fuerza para contener un gruñido de lobo mientras me muevo fuerte; mis genitales chocan fuerte contra su trasero mojado, mis dedos se hunden en su piel. Tres empujones. Cuatro. Cinco.

Y luego me descargo, lleno el condón mientras las estrellan bailan frente a mis ojos por el calor y el placer.

Cuando puedo volver a hablar, cuando puedo moverme, la envuelvo con los brazos desde atrás; mi verga sigue llenándola.

—Feliz cumpleaños, princesa, —murmuro en su oído.

Ella me mira por encima del hombro. Su mirada es suave.

—Gracias. Definitivamente será memorable.

Beso su hombro; luego salgo lento.

—No olvides sacar la basura de aquí, ¿sí? —Salgo de la ducha para tirar el condón de la misma forma que hice con el anterior.

—No lo haré.

No me gustan las despedidas. De hecho, soy muy malo en ellas, así que de pronto estoy ansioso por irme de aquí. En realidad estoy ansioso por correr. En forma de lobo.

Como si algo estuviera emergiendo de mi interior y necesitara resolverlo.

Ella cierra el agua y le paso una toalla.

—Me iré rápido.

Ella asiente. Todavía quiere deshacerse de mí. Así se supone que funcione.

—Si hoy tienes algún problema, llámame. Estaré allí. Es una promesa.

Ella inclina la cabeza.

—¿Por qué? —Su voz es suave y rasposa.

—Mierda, si lo supiera, Piernas. Porque eres tú. Y ya no estoy enfadado.

Ella asiente, sale de la ducha con esas piernas largas y musculosas que me ponen el mundo patas para arriba. Es el sueño húmedo de cualquier tipo ahora mismo, con la toalla que no está cerrada del todo en la parte del frente, se pueden ver sus tetas perfectas y su vagina por momentos.

—Gracias.

Me quedo allí, mirándola. Quiero besarla, pero no se siente correcto. Como si estuviéramos parados en dos icebergs que ya están separados y se están alejando.

—Hablo en serio sobre que me llames. No *quiero* ayudarte, pero definitivamente lo haré. ¿Bueno?

—Adiós, Bo.

Por alguna razón me duele el pecho.

—Adiós. Ten cuidado, Piernas. Que no te atrapen.

—Me pongo los bóxeres y la camiseta; luego voy a la habitación y me pongo los vaqueros, pongo el resto de mis cosas en la mochila.

Abro la ventana antes de que salga del baño. Ni bien salga de aquí, mejor, ya que las chances de que me vean están por las nubes. Pero igual dudo, sigo mirando. Quiero darle algo, dejar algo, pero no tengo nada que ofrecer. Ni siquiera una tarjeta por su maldito cumpleaños.

Escribo una nota rápida sobre el bloc que está en su escritorio. Lo mismo que le dije en el baño. *Si necesitas mi ayuda, estaré allí.*

Mírenme, ofreciéndome a ser su príncipe azul.

No puedo evitarlo. Mi lobo ya está llorando por dejarla

en peligro. A él no parece importarle que sea humana y un grano en el culo.

Sólo quiere que esté a salvo.

Mierda.

Salgo por la ventana y me tiro para caer directo al suelo.

Debería haberme ido hace mucho rato.

Capítulo nueve

loane

No puedo quitarme la burbuja de calor que me dejó Bo. Estoy arrastrándome por las calles de Scottsdale en la bici, buscando un coche de lujo para robar, pero mi mente sigue en mi habitación.

Sigue en el baile, mirando a Bo sonreír con dientes ensangrentados, como si le gustara que le pegaran.

Un jugador loco y heroico.

Dios, estoy enamorándome de él.

Pero eso tiene que parar ahora. Hoy. Porque no lo volveré a ver, y se terminó.

Y necesito estar muy concentrada para esta operación o estaré en graves problemas. Problemas peores de los que ya tengo.

Me lleva muchas horas de andar en mi bici, pero eventualmente encuentro el coche perfecto.

Bueno, el coche perfecto pero más horrendo.

Es una corvette naranja. De carreras. Estoy segura de que algún traficante mexicano la amará.

La parte difícil será mantener un perfil bajo con este bebé hasta llegar allí.

¿Dije difícil? Quise decir imposible.

Pero como sea. Sabía que las chances de tener éxito con el trabajo de hoy eran mucho menos que de costumbre.

Hago lo mío y me voy en sesenta segundos.

En realidad, fueron unos dos minutos, pero sí, tengo lo de los sesenta segundos en mente cada vez que robo un coche.

Tomo la I-10 y me dirijo a Tucson, llamo a mi contacto, Jorge, de camino.

—¿Qué tienes? —pregunta.

—Corvette Z06 2017, en perfectas condiciones. ¿La quieres? Si no, tengo otro comprador.

—La quiero, —dice—. ¿Qué tan pronto puedes traerla?

—¿Cuánto pagas?

Él murmura algo y luego dice,

—Puedo darte diez, quizá quince mil, depende de las condiciones.

Maldición. Eso es la mitad de lo que podría obtener si tuviera un título. Pero sabía que sería así.

—Quince o no voy.

—No, depende de la condición. No haré una oferta hasta verla. Tráela aquí y lo hablamos.

Resoplo.

—Bien. Estaré allí esta noche. Puedo llevarla a la frontera, pero no sé cómo cruzar.

—Yo me preocuparé de eso. Ven a Naco. Te envío la dirección.

—¿Naco? ¿Eso es cerca de Nogales?

Él hace un soplido molesto.

—No, otro cruce. Busca esa mierda en Google Maps. Envíame un mensaje cuando estés aquí.

—Sip, —le digo a un teléfono desconectado porque ya cortó.

Intento contener la sensación creciente de miedo que tengo por esta transacción. *Todo estará bien. Todo estará bien. Claro que puedo hacer esto.*

* * *

Bo

Trabajo hasta el cansancio en el taller, intento terminar los trabajos pendientes de Winslow mientras respondo al interrogatorio exhaustivo de mi tío, pero todo el tiempo tengo esta sensación molesta de que necesito volver a Cave Hills.

Asegurarme de que todo esté bien con Sloane.

Realmente odio la idea de que intente revender un coche sola. Significa que lidiará con delincuentes y, ¿considerando cómo luce? Podría estar en el peor tipo de peligro posible.

Y realmente mataría a cualquier criminal que la lastimara.

Saco el teléfono para ver si me escribió.

No lo hizo.

Me pregunto dónde está ahora mismo. Qué la tiene tan presionada como para pasar su cumpleaños arriesgando su libertad y su vida por un robo.

Y luego recuerdo la aplicación de rastreo que puse en su teléfono. ¿La vio? Mi pulgar vuela por la pantalla para abrirla y luego toco el punto que lleva su nombre.

Allí está.

¡Mierda!

Está en la autopista; se dirige a Tucson.

No me gusta.

Realmente no me gusta.

Me limpio las manos con un trapo. —Ey, tío Greg. Tengo que irme.

—¿Qué? ¿Es algo relacionado a Winslow?

—Tal vez. Sí. Lo descubriré. Intentaré venir mañana, ¿bueno?

Mi tío maldice, pero está negando con la cabeza como si ya hubiera desestimado mi ayuda.

—Sólo no te metas en problemas, Bo.

—Sip. Lo haré.

Eso probablemente sea mentira.

Me subo a mi moto porque el coche de Winslow atraería demasiada atención. Además, puedo ir más rápido con la Triumph, meterme entre el tráfico de ser necesario.

No sé por qué llegar a Sloane se siente como una maldita emergencia, pero así es. Pateo la moto para encenderla y salir, sin siquiera tomarme el tiempo de escribirle a mi mamá. Le diré cuando llegue.

Voy rápido; el viento pasa a mi lado y satisface la necesidad que tenía mi lobo de correr.

Sí. Conduce rápido. Alcanza a Sloane, susurra.

Y obedezco. Ella no pidió mi ayuda, pero parece que la obtendrá, así la quiera o no.

* * *

Sloane

Naco, Arizona es una ciudad limítrofe pequeña pasando Sierra Vista. Llego allí antes del atardecer y le escribo a Jorge.

Él no me responde de inmediato, lo que me pone muy nerviosa. Estoy tan fuera de lugar aquí, y no es gracioso. Termino estacionada detrás de una escuela y metida en mi asiento mirando Instagram.

Está lleno de fotos del Baile de Bienvenida; los chicos de Cave Hills lucen glamorosos jugando a vestirse elegante. Me etiquetaron en un montón.

Hay una de Bo y yo que me hace latir fuerte el corazón. Estamos en la pista de baile y su brazo está alrededor de mi espalda. Está sonriéndome con su sorpresa complaciente.

Porque es de cuando estábamos jugando.

Yo lo calentaba frotando mi cuerpo contra el suyo. Está claro que él lo disfrutaba pero que tenía que controlarse.

No estoy segura de que vaya a volver a conocer a un tipo como él. Él es tan engreído, pero esa confianza es totalmente merecida. Sí lo tiene todo: buen físico, talento atlético, encanto. Definitivamente es un alfa-diota, como le dicen en su escuela, hecho y derecho.

El ruido de una motocicleta cercana me hace hundirme más en mi asiento, aunque las ventanas son polarizadas. Definitivamente no paso desapercibida en este coche de carreras naranja.

Llaman a mi ventana y eso me hace gritar y luego mi corazón da un vuelco.

Bo.

Bajo la ventana.

—¿Qué estás haciendo aquí?

—Te seguí, —me dice.

—¿Por qué? —Abro la puerta y bajo; mi cuerpo está tenso por conducir tanto.

—Te lo dije, uña y carne.

—Me dijiste pegamento. Y yo te dije que no te metas en esto. Bo, definitivamente no quieres estar aquí para esto.

Él se encoje de hombros. Volvió a ser el Bo malhumorado, que luce enojado por estar aquí, pero quizás eso sea porque condujo una motocicleta por cuatro horas para seguirme.

No es mi culpa.

—Estoy aquí. ¿Cuál es el plan?

A pesar de mi protesta, estoy más que aliviada de tener a Bo conmigo. Estaba muy asustada por lo que vendría.

—Estoy esperando a que me escriban para decirme adónde llevarlo.

—Bueno. Entonces esperamos. ¿Tienes hambre?

—Muero de hambre, —admito.

—Yo también. —Él mira el coche—. Ese es un coche muy lindo.

No puedo evitar sonreír.

—Realmente lo es. ¿Quieres conducirlo?

Es un tipo de coches. Creció en un taller y trabaja con ellos. Noto que realmente aprecia esta Corvette. Quiere sentarse detrás del volante. Pero dice lo correcto.

—Nah.

No debería insistir. Pero ya se volvió mi cómplice. Así que sería mejor que al menos tuviera el placer de conducir el coche robado.

—Cero a sesenta en 2.95 segundos. Sube. Sé que quieres conducirla. —Doy la vuelta al lado del pasajero y me subo.

Bo maldice por lo bajo y se sienta del lado del conductor; se acomoda lo más atrás posible. Se abrocha el cinturón y cierra la puerta.

—Mierda, sí, quiero conducirla. —Él sale disparado del estacionamiento y corre por los caminos rurales—. Busca en Google Maps un camino desierto donde pueda acelerar.

Lo hago y le digo cómo llegar.

Él frena el coche y acelera.

—¿Le tomarás el tiempo?

Abro la función de temporizador en el teléfono y asiento.

—¡Listos en 3... 2... 1! —Sale disparado y las llantas chillan. El coche llega a sesenta, luego setenta, luego ochenta y noventa—. ¡Sostente, Piernas! —grita y frena para girar cerrado.

Grito por la emoción y Bo se ríe como un maníaco mientras vuelve a subirla a noventa en la dirección contraria.

Prueba el coche por completo, me hace aferrarme a la manija con nudillos blancos mientras la emoción inunda mi cuerpo.

Después de unos veinte minutos, tengo la voz rasposa de gritar y el cuello me empieza a doler por intentar sostener la cabeza erguida en las curvas cerradas.

Bo gira una vez más y vuelve a dirigirse a Naco.

—Nop, no podemos venderla. Me quedaré con este bebé.

—¿Claro? No creo que nadie lo note. No es que sea llamativo ni nada parecido.

—Ni lo digas. ¿No podías elegir otro Merdeces sedan aburrido o algo así? ¿Tenías que ir por un coche de carrera?

Me encojo de hombros.

—En tiempos desesperados.

Él se pone serio y me mira un largo rato cuando llegamos a una señal de alto.

—¿Lo son, Piernas?

Mi pecho se tensa y me niego a mirarlo.

—¿No ibas a conseguir algo de comer?

—Sip. Iré al autoservicio de Burger King. Lo vi cuando venía.

No lo vi. Entrecierro los ojos.

—¿Cómo me seguiste, exactamente?

—Una aplicación en tu teléfono. Gracias, por cierto, por no deshabilitar tu ubicación.

—Sí, la necesitaba para encontrar este pueblito. No sabía que mi acosador había convertido mi teléfono en un rastreador.

—Vine para salvarte el trasero, así que deberías estar mucho más agradecida y con menos actitud, dulzura.

—No recuerdo pedirte que fueras mi salvador.

Aunque la verdad es que ahora mismo estoy colmada de gratitud. Cuando toco mi ventana, nunca estuve tan feliz de ver un rostro familia en mi vida. Sobre todo el suyo.

Llega al estacionamiento de Burger King y pide cuatro hamburguesas y tres papas fritas. Luego me mira.

—¿Tú qué quieres?

Le pego con el reverso de la mano.

—¿Hablas en serio?

Él me sonríe y vuelve a hablar en el micrófono.

—Y una Sprite. Eso es todo. —Cuando avanza, dice—. Espero que tengas dinero.

Resoplo y saco la billetera.

—¿Qué harías si no lo tuviera?

—Cero a sesenta en 2.95 segundos.

Me río.

Recogemos la comida y Bo muerde la hamburguesa con una mano mientras conduce. Es la termina en 2.95 segundos.

—Maldición, probablemente podrías comerte cuatro de estas tú solo, —me maravillo mientras abro otra hamburguesa para pasársela.

Me suena el celular con un mensaje, y mi humor cambia a tensión.

—Tengo la dirección.

—Muy bien, vamos. —La voz de Bo es la de un leñador listo para trabajar. Es muy sensual en él.

Conduce hasta el estacionamiento donde llegó en primer lugar y sale.

—Te sigo en mi moto.

Doy la vuelta al lado del pasajero.

—No tienes que hacerlo.

Él niega con la cabeza.

—No hay ninguna maldita forma en la que te deje encontrarte sin refuerzos. Soy tu músculo.

Caigo contra él y aprieto ambos bíceps mientras inclino la cabeza contra su pecho.

—Eres un príncipe, Bo.

—Pensé que era un caballero. —Pone su palma en mi nuca—. Y tú eres la reina. Vamos.

Capítulo diez

B^o Se me ponen los pelos de la nuca de punta por el peligro ni bien llegamos a la ubicación donde reunirnos.

Naco es sospechoso para empezar y este lote abandonado es aún peor. La oscuridad ha empezado a caer y no hay luces en la calle; no es que las necesite, pero el hecho de que estos tipos eligieran un lote abandonamos y oscuro no es buen presagio.

Por supuesto, tampoco quieren que los agarre la policía.

Sólo que tengo la sensación de que a Sloane la joderán con este trato.

Dejo mi motocicleta detrás de algún tipo de casilla de concreto. No me doy cuenta de qué solía ser este lugar. Luego doy la vuelta y me meto en el lado del pasajero del coche de Sloane.

—¿Tienes un arma?

Ella se mueve como si la hubiera disparado.

—Claro que no. ¿Te parece que necesitamos una?

Me encojo de hombros. Tampoco es que sepa usar una.

Pero podría servir para moverla y amenazar a los idiotas. Pero al ver que se pone más ansiosa, desearía no haber dicho nada.

—Nah, creo que estamos bien. Podría encargarme de tres tipos, quizá cuatro.

Estoy hablando de forma realista, pero Sloane frunce el ceño.

—No pudiste con tres tipos en el baile.

Correcto. Mierda.

Porque estoy intentando calmarla y no asustarla más, opto por la verdad.

—¿Para ser honesto, Piernas? Me estaba conteniendo. Mi entrenador me habría matado si me metía en problemas por pelear en el baile escolar de otra institución. O sea, realmente me habría sacado del campo.

Ella me mira fijo. Escucho los latidos de su corazón y me pregunto si dije demasiado. Si se da cuenta de que hay algo diferente en mí.

—Entonces por eso sonreías, —dice con incredulidad—. En realidad, no te importaba para nada que te golpearan.

Tomo su brazo; mi oído sensible escucha el sonido de las llantas de un coche sobre la grava.

—Están viniendo.

Ambos nos bajamos de la Corvette. Estiro las extremidades como si estuviera preparándome para un gran partido.

O una pelea.

Tres tipos se bajan de un Cadillac Escalade blanco, y juraría por el destino que huelo la amenaza en ellos. Rodean la Corvette, la admiran.

Como deberían.

—¿Quién de ustedes es Jorge? —Pregunta Sloane. La chica es una pro en no dejar que el miedo se refleje en su tono o lenguaje corporal. No parece una estudiante de secundaria que está fuera de su ámbito.

Es una criminal malvada, que luce muy sensual mientras rompe la ley y cráneos.

—Soy yo. —Jorge tiene el lado del conductor abierto y está mirando el encendido—. ¿Dónde están las llaves?

—Te las daré cuando tenga el dinero.

Él niega con la cabeza.

—No puedo. Necesito asegurarme de que funcione.

—Funciona. ¿Haremos el trato o no?

Jorge se acerca a Sloane de forma casual, pero no confío en él ni por un segundo. Me acerco, me asomo detrás de ella, con los brazos cruzados sobre mi pecho como si fuera su guardaespaldas personal.

Estoy mirando sus manos. Están relajadas, a sus lados.

—Las llaves, perra. Dámelas. Ahora.

Sus dedos se doblan, pero llego tarde la detenerlo. Él la golpea en el estómago.

Mi puño se conecta con su sien y él cae con fuerza.

Se levanta con un arma que apunta al centro de mi pecho.

—¡No! —Grita Sloane y la loca intenta saltar delante de mí.

La empujo, demasiado fuerte porque ya estoy transformándome. El sonido de su cuerpo chocando con el pavimento me hace gruñir con furia. Una bala choca contra mi lado.

Mis dientes descienden. Otra bala da contra mi cadera. Mi ropa se rompe y estoy encima del tirador en un sólo salto. El arma queda tirada, pero no doy con su garganta, le muerdo un pedazo del hombro. Sus brazos se levantan para protegerse y peleamos; yo intento matar al maldito.

Hay gritos detrás de mí. Sloane grita *¡No!* lo más fuerte que puede.

Giro para ver a uno de los tipos inclinado sobre ella, y dejo a mi presa, gruñendo y rugiendo, listo para saltar.

Pero llego demasiado tarde. El tipo salta por la puerta abierta de la Corvette y la enciende. Está conduciendo antes de siquiera cerrar la puerta.

La Escalade también acelera; se detiene para arrastrar el tipo que golpeé hacia el vehículo.

Y luego ambos se van.

Se han ido y Sloane está vomitando sobre el pavimento.

Y acaba de ver a mi lobo.

Mierda.

* * *

Sloane

Bo es un lobo. Por loco y desquiciado que suene, no puedo estar equivocada. La ropa que llevaba está enroscada alrededor del cuerpo del lobo gigante. Y no puedo equivocarme con las etiquetas de perro de su padre que cuelgan de una cadena alrededor de su cuello.

Aun sabiendo que es Bo, me voy hacia atrás en el pavimento cuando se acerca.

Me asusta mucho; es mucho más grande que un lobo normal, con dientes que chorrean sangre, ojos plateados estrechos y llenos de furia. Su pelaje también es plateado, sólo que está manchado con la sangre de los disparos.

Hay un movimiento borroso, un crujido y rotura de huesos, y luego Bo está agachado encima de mí, con la ropa rota colgando del cuerpo.

—Mierda, Sloane, —maldice. Sus ojos siguen brillando de color plateado por la ira. Él me levanta en sus brazos y corre hacia la moto. Me sienta y luego abre el maletero y saca un par de vaqueros. Supongo que cuando puedes transformarte espontáneamente en un lobo, tienes que tener pantalones extra cerca para momentos como este.

Se quita sus pantalones arruinados y mete las piernas en los nuevos. Su teléfono, soquetes y zapatillas están en el pavimento en donde se cayeron. Los toma y apenas mete los pies en las zapatillas, escuchamos sirenas.

—Hijo de puta. —Él me empuja el casco; luego arranca la moto y da la vuelta al edificio de concreto; conduce entre pastos y arbustos crecidos hasta que nos chocamos con cunetas y salimos a una calle trasera.

Me sostengo de su camiseta rota, que apenas sigue en su cuerpo. La tomo con el puño para frenar la herida a su lado.

Pero claramente no parece importarle.

¡Porque no es humano, maldición!

Mi mente regresa a cada interacción que hemos tenido. Alguna pista que debería haber notado acerca de este, este... ¿tipo? ¿Lobo? Lo que sea que es.

Bueno, claro. Es de *Wolf Ridge*.

Maldición; ¿todos allí son lobos? ¿Winslow lo es? ¿Por eso Bo no pensó que había muerto después de que le disparara la policía?

Y la pelea en la escuela. Por eso sólo se reía cuando lo golpearon. Y nunca tuvo moretones ni ningún signo de la pelea después de lavarse la sangre de los dientes.

Por eso Wolf Ridge gana todos los eventos deportivos.

Por eso sus ojos parecen cambiar de color. *Estaban* cambiando, ¡al color de los ojos de un lobo!

Debería estar más asustada de lo que lo estoy. Mi mente sigue pensando, ¿pero mi cuerpo? Mi cuerpo está cien por ciento de acuerdo. Bo es un lobo. Un lobo auténtico, que le aúlla a la luna, y que cambia de forma.

Mis pezones se asoman y mis muslos se tensan alrededor de su cadera. No me sorprende que sea un animal en la cama.

No me sorprende que sea una obra de arte. Sus músculos son increíblemente grandes. Sus movimientos tan ágiles.

Y ahora mismo, está concentrado.

No se detiene a hablar o a formular un plan, sólo se mueve por las calles rurales de Naco hasta llegar a la autopista estatal, luego a la I-10.

No me quejo.

Me duele el estómago por el golpe, y mi lado tiene una quemadura gigante porque Bo me empujó contra el asfalto para apartarme de la trayectoria de la bala.

Pero nada de eso importa.

Lo que importa es que no tengo dinero para darle al mafioso mañana. Lo que significa que mi vida acabó.

Por un momento, pienso en involucrar a Bo. ¿Podría pelear con ellos por mí? ¿Matarlos?

Pero no, el mafioso tiene demasiado poder para un chico de secundaria, aunque sea superhumano. Estos tipos sólo eran sus cómplices. Si desaparecen, enviará más. Unos serios, de Detroit. No estos idiotas de Arizona que contrató.

Y no dejarán de venir. Hasta que el mafioso consiga su kilo de carne.

Además, no sé si es verdad que las balas no pueden lastimar a Bo. Quizás esté muriendo ahora mismo y sólo tenga una gran tolerancia al dolor. Levanto la camiseta para alejarla de la herida que estaba frenando, pero no siento que salga sangre por debajo.

Llevo la punta de mi dedo a la herida y la toco de la

forma más leve posible. Él no se estremece. Lo reviso un poco más. Siento la bala alojada cerca de la superficie.

La saco con los dedos, medio sorprendida, medio satisfecha cuando sale en mi palma.

—Gracias, —Grita Bo encima del viento.

Es lo primero que ha dicho desde que nos fuimos.

Recuerdo que la segunda herida está debajo de sus vaqueros y paso los dedos debajo de la cintura de sus vaqueros hasta encontrarla y quitar la segunda bala.

Bueno, sí. Definitivamente tiene una fuerza y unas habilidades de curación sobrehumanas.

—Sloane, ¿estás bien? —grita.

—Estoy bien.

O sea, me duele, pero considerando todo, estoy bien. No tengo heridas de bala. No tengo huesos rotos. Quiero decir mucho más, pero es imposible con el viento y la velocidad. Y, además, todavía siento enojo y tensión que irradian de él.

No sé si son restos de agresión o si está enojado conmigo. De cualquier forma, no provocaré a la bestia. Quiero decir, al lobo.

El otoño todavía es cálido en Arizona, pero tengo frío en el viaje cuando baja el sol y el viento nos golpea. Estoy más que agradecida cuando Bo toma una de las salidas a Tucson; no creo poder soportar otras dos horas hasta llegar a casa.

Capítulo once

Bo conduce hacia el centro y estaciona junto a una fila de motos en un estacionamiento que está detrás de lo que parece ser un club nocturno. La ciudad está animada. Los jóvenes llenan el patio trasero y la música hace estruendos desde adentro.

Ambos nos bajamos de la moto y yo me quito el casco.

Bo se pone a mi lado, sus ojos siguen brillando plateados, su forma sigue tensa y enojada. Toma la parte de atrás de mi cabello con el puño y lleva su rostro contra el mío.

—Te lo llevarás contigo a la tumba, —gruñe.

De pronto entiendo su tensión. Vi algo que no se suponía que viera.

—Lo que viste allí atrás. No le hablarás ni una palabra de eso a nadie. *Nunca*. ¿Entendido?

El Bo amenazante da miedo, pero me excita. Saber que el seductor engreído y pícaro (el tipo con todo ese encanto despreocupado) se transforma en un arma mortal de noventa kilos cuando lo amenazan enciende alguna parte primitiva de mi cerebro. El hombre como protector. O proveedor. O al rudo que en general quieres de tu lado.

—No lo haré. Lo prometo.

—Júralo. —Escucho el gruñido del lobo en su voz.

—Lo juro.

Él me mira un momento más, luego me suelta el cabello.

—Pediré ayuda aquí. No hables a menos que te hablen o estés muy segura de que quiera que lo hagas. ¿Entendido?

Entendido. Bo está a cargo.

Puedo vivir con eso.

Definitivamente puedo vivir con eso.

Voltea y camina a la entrada trasera del club. Tengo que apurarme para ir a la par de sus largos pasos.

—No hay entrada aquí, —le gruñe el guardia de seguridad cuando nos acercamos—. Da la vuelta para que revisen las identificaciones.

Identificaciones. Mierda.

—No entraremos. Sólo necesito hablar con el gerente. ¿Está Jared aquí? ¿O Tank?

El guardaespaldas lo mira más de cerca, ve la camiseta rota y los vaqueros manchados de sangre. Se inclina hacia adelante un poco y lo huele.

Bueno. Otro lobo entonces.

Miro el cartel que está en la parte de atrás del club. Eclipse. Una referencia a la luna. Entonces este es un club de hombres lobo.

Él toca una unidad de intercomunicación que tiene en el oído.

—Jared, te necesito en la puerta trasera.

Un gran tipo tatuado sale del edificio, su atención puesta en nosotros. Observa a Bo mientras se acerca.

—Fenton. El hermano de Winslow, ¿verdad?

—Sí, Bo. —Le ofrece la mano y los dos la estrechan.

—Lo siento, hermano, ¿pero tienes qué? ¿Diecisiete? No puedo dejarte... —Sus fosas nasales se abren y su mirada baja a la sangre en la camiseta de Bo—. Mierda. ¿Estás en problemas?

—Sí. ¿Hay algún lugar donde podamos pasar la noche mientras sano?

Jared vuelve a maldecir.

—Sí. —Abre la puerta y sale—. ¿Tienes en qué ir?

—Tengo mi moto.

—Bien. Sígueme.

Volvemos a la fila de motocicletas estacionadas y Jared se sube a una. Me vuelvo a poner el casco y me subo detrás de Bo.

Es un trayecto corto, menos de dos kilómetros, y llegamos a un alto edificio de departamentos en el centro. Jared nos deja pasar y tomamos el ascensor hasta el quinto piso. Cuando llegamos allí, él abre el departamento. Está amoblado, pero no hay nada personal en el interior. —Este está vacío. No hay comida en la nevera, pero pueden pedir.

—Gracias, amigo. Ey, ¿puedes hacerme otro favor?

Los ojos de Jared se entrecierran.

—¿Cuál?

—¿No decirle al intendente todavía?

Sus ojos vienen a mí, como si intentara descifrar si sé lo que son.

—No trabajo para el intendente. Pero mi, eh, jefe, definitivamente tiene que saber qué está pasando. Tienes que hablar con él, mañana por la mañana. No te atrevas a irte antes de hacerlo. ¿Entendido? ¿Tengo tu palabra?

Bo traga saliva y asiente.

—Sí.

—Muy bien. ¿Necesitas algo más? —Sus ojos vuelven a

viajar a mí y sus fosas nasales se abren como si me estuviera oliendo—. ¿Está herida?

—Sí, está herida. Me encargaré de ella.

—¿Con qué, amigo? Espera. —Él sale del departamento y vuelve unos minutos después con un kit de medicina—. Aquí. Debería tener lo básico.

—Gracias, Jared. Realmente lo aprecio. —Bo vuelve a ofrecerle la mano, sólo que esta vez se toman del antebrazo.

—Me alegra ser de ayuda. Debo volver al club, pero te veo por la mañana. —Él le suelta el brazo a Bo y señala su cara con el dedo—. Hablo en serio, amigo. Si te vas antes de hablar con Garret, estás frito. ¿Me entiendes?

—No me iré.

—Dame tu teléfono. —Jared toma su teléfono y se envía un mensaje a sí mismo, a juzgar por el ruido de respuesta del teléfono en su bolsillo—. Bueno. Ahora también tienes mi contacto.

—Gracias otra vez.

Cuando se va Jared, parte de la tensión sale de los hombros de Bo, pero su rostro sigue siendo una máscara tensa.

—Siéntate. —Me señala una silla en la cocina.

De nuevo, estoy más excitada que enojada de que sea tan cortante. Me siento en la silla y él apoya el botiquín sobre la mesa y lo abre, escanea los ítems como si nunca antes los hubiera visto.

Ja. Es probable que así sea.

—Sólo algo de ibuprofeno estaría genial. —Tomo un paquete de la caja.

Él abre la nevera y saca una lata de Sprite, que abre y me pasa.

—Huelo sangre.

—Probablemente sea tuya.

Él me saca la camiseta y maldice cuando ve mi hombro y mi brazo. Yo también me estremezco un poco porque es un moretón grande.

—Mierda, Sloane. —Él le pega a la mesa con el puño y hace que el botiquín salga volando—. Yo te hice esto.

Me late fuerte el corazón por la agresión, pero le respondo con sarcasmo.

—Te balearon dos veces por mí, Bo. Estamos a mano.

Él busca en el botiquín y encuentra unos paños con alcohol.

—Lo haré yo. —Intento sacárselas de la mano, pero él las pone fuera de mi alcance.

—Yo lo haré, maldición. —Él las abre y limpia mi quemadura con asfalto con una concentración total.

—Dios, Bo. ¿Por qué estás enojado?

Un músculo se tensa en su mandíbula.

—No estoy *enojado*. Estoy...

Entonces me doy cuenta de que puede que Bo esté asustado. Está en modo guerrero total, listo para matar a nuestros enemigos si regresan. Pero quizás sólo esté listo para matarme a mí por meterlo en esto.

—Podrías haber muerto, —dice de golpe—. Y nunca vuelvas a intentar tomar una bala por mí, ¡eso fue tan estúpido! —Él debe ver la sorpresa en mi rostro porque niega con la cabeza y da un paso atrás—. Lo lamento, no quise decir que eres estúpida. Pero me asustaste muchísimo. Y... estoy en graves problemas ahora. Acabo de romper dos reglas de la manada y quizá maté a un hombre. Mi mamá podría perder a sus dos hijos por tus malditos robos de coches.

Quiero gritarle que no le pedí que viniera conmigo, pero no logro que salgan las palabras. La sangre sube rápido a mi rostro y las lágrimas salen de mis ojos. Dios.

Logré que funcionara todo este semestre en la escuela, engañé a todo el cuerpo estudiantil, pero con Bo, se nota todo.

Ni bien las ve, voltea y golpea una pared cercana.

—*¡Mierda!*

—Lo siento, —logro decir entre las lágrimas que tengo en la garganta.

—No. —Se da vuelta—. No, no, no. Soy un pendejo. Lo siento. —Él se frota el rostro con una mano—. No logro controlarme. ¿Mis ojos siguen plateados?

—Sí, un poco. Son mitad azules, mitad plateados.

—El instinto de matar... fue tan fuerte, maldición. Los habría matado a todos. —Él respira de forma controlada por sus fosas nasales y sostiene un momento antes de soltar—. Fue la primera vez que lo sentí.

Lo miro sin entender. Quiero preguntarle un millón de cosas, pero sé que no está de buen humor. En vez de eso, le ofrezco mi vulnerabilidad. La verdad.

—Realmente me calientas ahora mismo.

Sus ojos brillan de un plateado puro otra vez, y un gruñido grave sale de su garganta.

—Oh, dulzura No quieres decirme eso cuando estoy en este estado. Te lo haré de seis formas hasta el domingo. Y no será respetuoso.

Mi vagina se tensa por la emoción. Nos miramos a los ojos. De poco me levanto de la silla y me arrodillo frente a él.

Él gruñe y se aprieta el miembro a través de los vaqueros.

—Estás cometiendo un error, —me advierte, pero ya se está abriendo la bragueta. Ya está liberando su largo impresionante.

Ya está duro para mí.

* * *

Bo

Maldita sea. Esto no es lo que debería estar haciendo ahora mismo.

No cuando mi lobo sigue tan cerca de la superficie. No cuando todavía sale agresión de mí. No cuando necesito respuestas de Sloane sobre en qué carajos se metió que la haría recurrir a intentar completar un trabajo tan locamente estúpido.

Pero está tomando mi verga, abriendo esa hermosa boca suya para tomarme. No hay forma en vaya a detenerla ahora.

Estoy en pleno éxtasis desde que su lengua húmeda toca la cabeza de mi miembro. Tiemblo y mis bolas se tensan, mis muslos comienzan a sacudirse. Ella levanta la mirada hasta mi rostro y la sostiene mientras pasa la lengua alrededor.

No puedo soportar la provocación. Estoy demasiado ido para eso. Tomo su nuca y la empujo hacia mi verga. Ella se ahoga un poco, pero se siente demasiado bien para dejarla subir.

Mierda. Se lo advertí. Tomo su cabello con el puño otra vez para controlar sus movimientos, empujándola sobre mi miembro y afuera, ya cerca del clímax.

La habitación da vueltas. Mi respiración sale en jadeos y brusca. Una capa de sudor recubre mi piel. Mis caninos descienden, un sabor dulce llena mi boca. *¡Maldición! ¡Mi lobo quiere marcarla!*

Es una locura. Se supone que el instinto de apareamiento sólo llegue una vez, con la loba con la que se supone que pases el resto de tu vida. Sloane ni siquiera es una loba.

Pero no puedo negar la conexión que he tenido con ella desde el principio. Incluso cuando realmente la odiaba y quería sacarla del taller y de nuestras vidas, igual me sentía atraído por ella como un imán.

Inhalo en respiraciones medidas, intento contener a mi lobo. No puedo marcarla, es una locura. Pero su boca se siente tan caliente. Tan deliciosa. Ya estoy a punto de explotar.

Y no quiero acabarle en la boca. Quiero todo esta noche. No; lo necesito.

Porque es la razón por la que estoy aquí. La razón por la que perdí el control para salvarla. La razón por la que arruiné toda mi vida. Y en este momento, se siente como si hacérselo duro fuera a hacer que todo valga la pena.

Con gran esfuerzo, logro soltarle el cabello y salir.

—Arriba, —le ordeno, mi voz rasposa y gutural.

Tomo su codo y la ayudo a pararse.

Ya estoy consumido por las llamas del deseo. Hasta me cuesta hablar.

—Quítate la ropa.

Veo mi propio calor reflejado en su mirada cuando camina hacia atrás, llevándome hacia su habitación mientras estira las manos hacia atrás para desabrocharse el sostén.

Un gruñido grave llena la habitación y me doy cuenta de que sale de mí. Rápidamente cierro la distancia entre nosotros y la tomo de la cintura, uso mi fuerza de transformista para tirarla con facilidad sobre la cama.

Ella se desabrocha los pantalones, y la ayudo a sacárselos; los tiro por encima de mi hombro antes de arrancarle las bragas.

Me hundo entre sus piernas y me doy un festín con su vagina jugosa. Estoy a toda velocidad. Esto no es juego previo; estoy presionando inicio y llego a su primer orgasmo en sesenta segundos. No me detengo.

La doy vuelta y la pongo en cuatro; luego le doy nalgadas, probablemente demasiado fuertes. Golpeo su nalga derecha, luego la izquierda mientras ella jadea y se retuerce. Sigo así hasta que mis manos le dejan el trasero de un rosa lindo; luego separo sus cachetes y lamo en una línea larga desde su hendidura hasta su ano y de regreso. Le doy unas nalgadas unas veces más.

—Auch, Bo. ¿Y eso por qué es? —A ella le falta el aliento; su voz está un poco ahogada.

—Es tu castigo, dulzura.

—¿Por qué?

—Por hacer que me enamore de ti. —Vuelvo a pegarle en el trasero aunque sé que ha tenido suficiente—. Por ser tal malditamente hermosa. —Otra nalgada—. E inteligente. Y fascinante. —Froto sus cachetes enrojecidos—. Por captivarme.

Y hacerme querer marcarte cuando eres humana.

—Yo tampoco quería enamorarme de ti.

Mierda. ¿Está empezando a llorar?

Mi lobo se detiene; la agresión se calma de inmediato. La tiro sobre la cama y la giro para besarla sin parar. Su cuerpo suave se retuerce bajo el mío. Nuestros labios se mueven, las lenguas se chocan. Cuando salgo a respirar, tiene los labios hinchados, los ojos llorosos.

Ahorco levemente su garganta.

—Te lo haré hasta el cansancio y luego me dirás todo.

Ella deja de respirar; algo de concentración vuelve a sus ojos. Un nudo de preocupación aparece entre sus cejas.

—Tienes mis secretos, —le recuerdo—. Me debes los tuyos, maldita sea.

No espero que esté de acuerdo. Saco un condón y me lo

pongo. Luego dudo; mi cerebro intenta contener la agresión del lobo. Intenta asegurarse de no haber interpretado mal las pistas.

—Quítate la ropa, —dice, imitando mi orden anterior.

Sí. La satisfacción me recorre. Ella sí lo quiere.

Sonrío, me quito la camiseta y los vaqueros, los bóxeres rotos y los soquetes.

—Ahora sí estás en problemas. —Me subo encima de ella.

—Atrévete, lobito.

Froto la cabeza de mi miembro sobre su hendidura húmeda y empujo un poco. Ella sigue bien cerrada. Saber que soy el único tipo al que le ha permitido estar entre sus piernas me provoca algo.

Vuelvo a perder los sentidos y empujo fuerte, la lleno por completo. Ella jadea y toma mis brazos.

Sacudiendo la cabeza, me obligo a detenerme.

—¿Estás bien?

Ella se arquea debajo de mí.

—Dije atrévete.

Con un gruñido, me abalanzo contra ella, entro y salgo, pierdo la cabeza aún más con cada empujón.

Ella me recibe, me mira con una mirada cansada; su cuerpo se mece para encontrarse con el mío. Cuando pone los tobillos detrás de mi espalda, casi acabo, pero en vez de eso rujo y golpeo más fuerte.

Y luego me pierdo. Quiero que siga por siempre, pero es demasiado tarde. Un trueno choca contra la base de mi columna y mis bolas se tensan.

Acabo. Fuerte. Tan fuerte que mi visión se vuelve negra y con manchas y mis caninos se alargan como si mi lobo quisiera marcarla. Lo que es una locura porque es humana.

Alejo el rostro y mantengo elevado mi tronco superior y

se lo hago con empujones cortos y profundos hasta terminar.

Mierda; me olvidé de su placer. Llevo un pulgar a su clítoris y froto y, gracias al cielo, ella acaba de inmediato; su vagina se tensa alrededor de mi miembro y me saca más en la descarga.

Espero hasta que se aclara mi visión para acostarme y besarla y acabar un poco más.

—Sloane, —digo con dificultad. No tengo nada que decir. Sólo repito su nombre como una invocación. Una celebración.

La beso un poco más, me muevo lento en su interior, meciéndome en lo último de mi clímax mientras ella tiembla y se queda inerte debajo de mí.

No quiero dejar de besarla y hacérselo nunca. Podría seguir así toda la noche, pero tenemos cosas que discutir.

Unos problemas realmente importantes.

Así que me obligo a salir despacio; me levanto para tirar el condón en el baño.

Una cosa que diré de todo este lío: es bastante genial tener nuestro lugar privado para quedarnos esta noche.

Por supuesto, mi mamá y su tía tendrían mucho que decir de esto, si lo supieran.

Cuando vuelvo a la habitación, saco el teléfono de mis vaqueros y le envío un mensaje a mi mamá: *Estoy en Tucson con la manada de Garrett esta noche. Sigo intentando encontrar a Winslow. Te amo.*

Ella me responde. *Deja de buscarlo. Te necesito en casa.*

Me quejo y paso los dedos por mi cabello. *Estaré en casa mañana. Perdón, ma.*

Mamá: *Te amo, Bo. Ten cuidado. Envíame un mensaje cuando salgas de Tucson.*

Le respondo con un pulgar hacia arriba y me subo a la cama donde Sloane está tirada como una muñeca de trapo.

Me subo encima de ella y paso los dedos por su cabello.

—¿Fui muy duro?

Ella me mira.

—Siempre eres muy duro, pero ahora sé por qué. Y creo que es bastante ardiente.

No estoy preparado para las sensaciones que me producen sus palabras. Primero que nada, no estoy acostumbrado a esa voz suave e íntima que está usando conmigo. Tampoco estoy acostumbrado a cómo me mira; su rostro abierto y confiado. Pero escuchar la lujuria en su voz, su aprobación de mi lobo, me hace erguirme y acicalarme.

Pero no se supone que sepa la verdad sobre mí. Es la ley de la manada. Las violaciones requieres remedios como hacer que una sanguijuela le borre la mente. Y sé que tienen a varias en Tucson. Garret, el líder de la manada de Tucson y el hijo de nuestro alfa tiene una alianza tenue, pero sé que a los lobos no les gusta que muchos vampiros se hayan mudado aquí.

Me siento en cuclillas y me froto la barba incipiente. Ya casi es de medianoche.

—Tengo tu palabra sobre lo de ser lobo, —le recuerdo.

—A la tumba, —responde.

—No responderé preguntas al respecto. Entre menos sepas, mejor. ¿Entendido?

A ella no le gusta eso, me doy cuenta por el pequeño resoplo de decepción que emite, pero asiente.

—Ahora cuenta tú.

Ella se gira para el otro lado y se sienta, se baja de la cama.

Hace tiempo.

Toma sus bragas del suelo y se las pone. Se arma un escudo de ropa para hablarme.

—Sloane

Voltea y me mira con esos sorprendentes ojos color cobre.

—No te pongas la ropa. Ven aquí. —Muevo las sábanas para ofrecerle refugio si tiene frío.

Pero el momento de apertura y confianza se ha ido. Ella ignora mi orden y camina a la cocina a buscar su camiseta. Cuando vuelve, la tiene puesta, aunque no se puso el sostén.

—¿Para qué es el dinero?

Ella suspira y regresa a la cama, se mete debajo de las mantas, pero nunca me mira.

He estado pensando mucho en esto desde que me contó acerca de su papá y cómo terminó en Arizona. Hasta googleé un par de artículos sobre su arresto y muerte.

—Uno de sus socios...

Mi atención se centra en un punto. De algún modo sé que lo que sea que esté por contarme es malo.

Ella traga saliva.

—Creo que es de la mafia. Mi papá estaba metido con ellos de algún modo. No lo sé, nunca lo mencionaron en el juicio en su contra. Sólo apareció justo después de que mi papá muriera en la cárcel y me pidió su parte. Parece creer que mi papá dejó algunos bienes que el FBI no encontró y que yo sabría dónde están. Iban a matarme o venderme, entonces mentí. Les dije que todavía tenía cajas de sus cosas y que los encontraría, pero realmente no tengo idea. Las cajas sólo eran de ropa. Doné todo y tiré todas las cartas que me envió mi papá desde la cárcel sin abrirlas. Este tipo me dijo que se iría a Sicilia por unos meses y que necesitaba solucionarlo todo para cuando regresara. No tengo idea de cuánto tiempo me queda. Mientras tanto, estos matones vienen cada semana a presionarme. Así que he estado robando coches y ahorrando. Espero poder darle lo suficiente como para calmarlo cuando regrese. O poder escapar. —Su voz se entrecorta y la acaricio, aunque estoy casi seguro de que me echará.

Pero me deja sostenerla. Me acuesto a su lado y la tomo en mis brazos. Ella pone su rostro contra mi pecho. El aroma de sus lágrimas me provoca algo alocado. Me abre el pecho. Hace que mi lobo quiera aullar.

—Eso es mentira, Sloane. Si no tienes los bienes, no los tienes.

—Lo sé, pero supongo que creerán que, si me presionan lo suficiente, los tendré mágicamente. La última vez que pasaron, me amenazaron con también vender a mi prima, Rikki.

Una ira cálida y blanca se mezcla con el miedo helado que invaden mi sistema al mismo tiempo y hacen que mi piel cosquillee y que la electricidad truene en mis articulaciones.

—Los mataré, maldita sea, —gruño, y lo digo en serio.

Puede que me haya horrorizado lo que le hice al ladrón de coches hace unas horas, pero ahora mismo estaría feliz de volver a matar por Sloane. Una y otra vez otra vez hasta que desaparezcan todas las amenazas en su contra.

Ella intenta alejarme.

—No. Estos tipos son realmente peligrosos. Y es probable que formen parte de una gran red. O sea, el jefe sólo enviaría a alguien más.

Me callo; mi mente le da vueltas al problema.

—¿Cuánto dicen que les debes?

—Dicen que mi papá tenía seis lingotes de oro del tamaño de un iPhone y un pequeño cuadro de un pájaro.

No sé en qué estaba metido mi papá con estos tipos o por qué piensan que tengo sus cosas. Es todo simplemente una locura.

La sostengo más fuerte. No puedo creer que haya pasado por esta mierda sola.

—Entonces sólo intento tener algo para darle. Al principio vendí las pocas cosas que tenía que valían algo, aritos de diamantes que me dio mi papá para mis dieciséis. El anillo de bodas de mi madre. Y luego decidí que sería más sencillo robar coches para obtener rápido el dinero. Pero se me está acabando el tiempo y perdí los últimos dos coches. —Ella vuelve a ahogarse.

Maldigo porque no sé cómo podemos juntar esa cifra de dinero tan rápido.

—¿Qué pasa si vas a la policía?

—Matarán a mi tía y a mi prima. O las venderán a enfermos que las usarán como muñecas sexuales.

Estos malditos bastardos.

—Lo... lo solucionaremos.

—¿Nosotros? No, no es un nosotros. Bo, no te dije esto por una razón. No quiero que te involucres. Amenazan a cualquiera que sea cercano a mí. Por eso no puedo salir con alguien. No es seguro.

Tomo su mano y la bajo por mi pecho hasta el lugar donde entró la bala hace unas horas.

—¿Sientes eso, Piernas? Eso es lo que me hacen las balas. No es mucho. No les tengo miedo. No dejaré que te amenacen así.

A pesar de mis intentos por reconfortarla, el cuerpo de Sloane se ha puesto más y más tenso, y ahora detecto un pequeño temblor en sus extremidades.

A la mierda con esto. Mi lobo gruñe por dentro, furioso de que algo pueda hacer que Sloane tiemble de miedo.

La abrazo fuerte.

—Está bien. Pensaremos en algo. Lo prometo.

—No quiero tu promesa, Bo. Esta no es tu lucha.

—¡Tampoco es la tuya! Esa es la parte que no tiene sentido. En serio no entiendo por qué te presionan a ti. ¿En serio creen que una chica de secundario pueda generar tanto efectivo? O sea, si lo de ser esclava sexual fuera real, ¿por qué no harían eso desde el principio?

—Porque parecen creer que tengo el dinero guardado en algún lugar. Que por supuesto no es así. El FBI se quedó con todo cuando allanaron la casa. Todo lo que me traje de Arizona fue lo que estaba en mi habitación: ropa y efectos personales. Se quedaron con el coche, el coche de mi papá, la casa, todas sus cuentas bancarias, todo.

—¿Cuándo se te acaba el tiempo?

—No lo sé. Pronto. Podría ser cualquier día.

—Muy bien. Pensaremos en algo.

Sloane contiene las lágrimas mientras pone los brazos alrededor de mi cuello y aprieta muy fuerte. Su respiración hace que su barriga tiemble contra mí.

—Gracias —es todo lo que logra decir.

—Está bien, hermosa. Lo prometo. Todo estará bien, —digo, aunque no sé cómo haré que mis palabras se vuelvan realidad. La sostengo fuerte y la muevo hasta que eventualmente se cansa y se acuesta.

Apago la luz y escucho el sonido de su respiración cuando cae en un sueño irregular.

Piensa, Bo, piensa. Tiene que haber una forma para que Sloane salga de esto.

Le di mi palabra que la encontraríamos y eso es lo que haré.

Capítulo doce

Me levanto dolorida y asustada y realmente agradecida por el tipo a mi lado.

Quiere ser mi caballero.

Quiero dejar que lo sea.

Realmente quiero dejar que lo sea.

Pero simplemente no puedo.

No hay forma de que vaya a permitirle poner su vida en riesgo por mí.

Me importa demasiado.

Mi mamá podría perder a sus dos hijos. Por mí. No puedo permitir eso.

Ni bien logre que Bo me lleve de regreso a Cave Hills y nos separemos, mejor.

O... tal vez debería ir a robar otro coche ahora mismo. Al menos no llegaría al encuentro con las manos vacías. Dijeron que no aceptarían un coche robado, pero nunca se sabe. Deben tener sus propios contactos para revender ese tipo de cosas. Al menos sabrían que me estoy esforzando realmente.

Salgo de la cama.

Y de inmediato me saluda el sonido grave de la voz de Bo.

—¿Tienes hambre?

Maldición. Es probable que tenga una audición hipersensible o que no necesite dormir. Desearía poder hacerle muchas preguntas sobre lo de ser lobo, pero no está dentro de sus límites.

Mi estómago hace ruido como respuesta a su pregunta.

—Sí.

—Muero de hambre. Vamos a buscar algo que desayunar. —Se levanta y se pone los vaqueros, sin los bóxeres rotos.

—¿Qué usarás de camiseta? —Le pregunto mientras me pongo mis vaqueros.

—Mierda. No lo sé. Quizá haya algo aquí. —Abre las puertas del armario, pero están vacíos a excepción de otras almohadas y frazadas.

Alguien llama a la puerta y se abre antes de que Bo llegue allí. Jared y otros dos tipos grandes entran. Los tres están llenos de tatuajes y cuero, lucen como un grupo de motociclistas malvados.

¿Me pregunto si todos los grupos de motociclistas en realidad están formados por hombres lobo?

El más pequeño de los tres, aunque pequeño probablemente no sea una palabra que alguien usaría para describirlo, lleva una caja de donas de Krispy Kreme y un bidón de leche.

—¿Tienen hambre, chicos?

—Sí, estábamos por ir a buscar comida. Gracias, —dice Bo.

Jared le arroja una camiseta.

—Temíamos que estuvieran pensando en escaparse de aquí sin despedirse, así que pensamos que pasaríamos antes.

—No, señor, —dice Bo dirigiéndose al tipo más grande en lugar de a Jared—. Ella es mi novia, Sloane. Sloane, ellos son Garrett y Trey. Son todos de mi ciudad.

Asumo que eso es código para decir, *son todos lobos o son todos de mi manada,* pero no saben que lo sé, así que les doy la mano de forma educada.

—Es un gran gusto conocerte. —Trey apoya la caja de donas en la mesa de la cocina y Bo y yo nos abalanzamos sobre ellas.

—¿Entonces qué pasó anoche? —Garrett toma una silla y se sienta. Los otros dos también lo hacen y como sólo hay cuatro sillas, Bo y yo nos quedamos parados.

Como si estuviéramos en un juicio.

Y tal vez lo estemos.

Bo saca cinco vasos y sirve la leche.

—Sloane tiene algunos problemas. Son personales, y no creo que necesiten saberlos, —-explica y yo respiro aliviada.

—¿Son del mismo tipo de problemas que tiene Winslow? —Pregunta Garrett.

Me tenso.

Bo toma una tercera dona.

—Sí, están relacionados. ¿Se enteraron de eso, eh?

—Un miembro de la antigua ma..., eh, comunidad, al que le dispara la policía, sí, nos íbamos a enterar, —dice Trey.

Garrett mira a Bo entrecerrando los ojos.

—¿Estuviste involucrado en el robo de coches?

Bo se endereza.

—No, señor. Bueno, no hasta anoche.

Garrett se relaja en su silla y cruza un tobillo encima de su enorme rodilla.

—Bueno.

—Como dije, Sloane tiene algunos problemas personales que no son su culpa. Ella necesita mucho dinero rápido. Por eso se metió en el robo de coches. Anoche, intentó venderle uno a estos idiotas en la frontera y ellos le robaron el coche. Intentaron matarnos, pero, eh, se escaparon.

Garret mira a Bo por un largo rato; luego su mirada se dirige a mí.

Estoy bastante segura de que intenta descifrar si sé que son lobos o no.

—¿*Cómo* se escaparon?

Bo pone el peso sobre su otro pie.

—Si me mientes, te golpearé el trasero, —advierte Garrett.

Bo se frota la nariz. Las miradas de los otros tres hombres van hacia mí y luego hacia él.

—Vamos. Es mejor que me lo digas a mí que a mi papá, así que cuenta.

—Me transformé cuando me dispararon.

Transformé. Así le dicen.

La voz de Bo es baja como si estuviera admitiendo algo malo. Sé que dijo que violó dos reglas de la manada. Supongo que revelarse ante los que no son hombres lobo era una de ellas.

—Había tres de ellos. Herí a un tipo, pero no creo que haya sido fatal. Al menos estaba vivo cuando se fueron.

—*Mierda*, —dice Garrett.

Bo se pasa la mano por el cabello.

—Bueno, ¿qué carajos se suponía que hiciera? —Vuelve a bajar la mirada— ...señor.

—No, hiciste lo que habría hecho cualquiera de nosotros. Sólo que no debiste meterte en esa situación para empezar, pero supongo que eso ya lo sabías. —Garrett toma una de las últimas donas y se lleva la mitad a la boca.

—¿Y el dinero? —Pregunta Trey.

Bo niega con la cabeza.

—Se llevaron el coche y el dinero, si es que lo tenían en un principio.

—Entonces sigues en problemas. —Me dice esto a mí y yo me enderezo y asiento. No suelo sentirme fuera de lugar, y cuando así es, soy bastante buena fingiendo, pero estos tipos me intimidan. Creo que es por saber que no son humanos. Por no saber con claridad con qué código se manejan.

Trey juega con el piercing de su labio.

—Hay una pelea a las dos, —piensa.

No tengo idea de qué significa eso, pero el resto de los tipos en la habitación mueven la cabeza de golpe para mirarlo.

—De ninguna forma, —dice Jared—. No puedes poner a un jugador de secundaria en una pelea. El entrenador Jamison vendrá aquí y nos colgará del trasero si no lo hace antes el alfa.

—¿Cuántos años tienes? —Le pregunta Trey a Bo, ignorando a Jared.

—Dieciocho.

Trey se encoje de hombros.

—Es un adulto. Puede tomar sus propias decisiones. —A Bo, le dice—. ¿Quieres pelear? Si ganas, te pagaré al menos diez mil, quizá más, dependiendo de cómo vayan las apuestas.

—¿Crees que pueda ganar? —Pregunta Garrett con dudas.

—De hecho, es porque no tiene todavía su tamaño adulto que creo que puede ganarle a este tipo. Todavía es rápido. Liviano en sus movimientos. —Se dirige a Bo—.

Tengo un transformista gato que es un idiota y quiere pelear. Las apuestas serán por él por tu edad y tamaño.

—Entonces podrás vencer al idiota, —le dice Jared a Bo.

—Hecho. —Bo mueve los hombros, luce como un chico malo en todo sentido.

—No-no lo sé, —digo—. No quiero que te pongas en riesgo por..

Bo levanta la mano.

—No es un riesgo. —Se levanta la camiseta para mostrarme el lugar donde le dispararon anoche. Ha sanado por completo. Apenas hay una marca ahora.

Niego con la cabeza.

—Igual no me gusta.

Y así es. Pero me excita que esté dispuesto a subirse al ring por mí. Me excita *mucho*.

Garret se para y los otros dos lo siguen.

—Sal un momento conmigo, Bo, —le ordena.

Bo me mira rápido mientras sigue a los hombres para salir del departamento y cierra la puerta.

Me paro allí, en blanco por un momento.

Luego me apresuro a poner el oído junto a la puerta.

* * *

Bo

Sigo a Garrett hacia el pasillo e intento que mi corazón no se acelere. El destino sabrá que un alfa puede oler el miedo que tienes en todo tu cuerpo si lo permite.

Mierda.

—Entonces. —Garrett se cruza de brazos sobre su enorme pecho—. ¿Qué hará con la chica?

Sabía que esto se trataría de Sloane, aunque estaba rogando que se evitara lo inevitable.

—Ella juró que se lo llevaría a la tumba, —respondo rápido. Como si la promesa de una humana significara algo para estos tipos.

Garrett niega lento con la cabeza.

—Sabes que eso no alcanza.

Quiero discutir con él. Garrett tiene una pareja humana. También Trey y Jared, de hecho. Garrett no es igual a su padre, más allá de ser lo suficientemente alfa como para liderar a la manada. Él y sus amigos fueron rebeldes. Los echaron de la manada cuando no eran mucho mayores que yo, e hicieron las cosas a su manera aquí.

Pero eso no significa que me la vaya a hacer fácil.

Las reglas existen para proteger a los transformistas de la exposición. Si los humanos se enteraran de que existimos, nos cazarían y nos exterminarían como monstruos.

Me esfuerzo en pensar en algo que decir, lo que sea, para cambiar el destino de Sloane que estoy bastante seguro que exigirán.

—Haz que le borren la memoria esta noche. Son veinticuatro horas. No debería tener un efecto muy malo. Te daré el número de un tipo que puede hacerlo.

Niego con la cabeza.

—Tenemos que regresar a Phoenix con el dinero esta noche.

Garrett me intimida con su mirada.

—Entonces la vuelves a traer aquí después. Conoces las reglas. No lo arruines.

Mierda. Carajo. Maldita sea todo esto.

Volteo para volver al departamento sin que me den permiso, pero Garrett me empuja contra la puerta con su mano en mi garganta.

—Necesito escuchar un *sí, señor.*

Maldición. Realmente no quiero tener que acordar que un vampiro se meta con la mente de Sloane. Puede causar problemas, y ella no se merece este tipo de mierda. Pero no veo cómo esquivar esta orden directa.

—Sí, señor, —me ahogo.

Me suelta.

—Bien. —Él saca algunos billetes de su bolsillo—. ¿Necesitas dinero antes de la pelea? Él es un buen alfa, conoce las necesidades de los miembros de su manada.

No soy del tipo que rechazan dinero, así que tomo los billetes de veinte y los meto en mi bolsillo.

—Gracias, Garrett.

Él gruñe y los tres se van por el pasillo.

—¿Garrett?

Él voltea.

—¿Le contarás a tu padre sobre esto?

Niega con la cabeza.

—Mi territorio, mis problemas. Puedes decidir por ti mismo qué quieres contarle a tu alfa.

—Gracias. —Los veo alejarse y siento que tengo el peso de unos veinte kilos sobre mi pecho.

No resiento a Garrett por hacer lo que se supone que haga un alfa para mantener a salvo a nuestra especie, pero mierda.

Borrarle la mente a Sloane sería una traición gigante. Quiero decir, *mierda.* ¿Debería contarle lo que pasará para minimizar la traición?

¿Hay algún punto en el que esa conversación también será borrada?

¡Maldición!

Giro el picaporte y entro al departamento. La ducha está abierta en el baño. Por un momento, pienso en unirme a Sloane para el Acto II de hacerlo en la ducha por su cumpleaños, pero la culpa me está estrangulando como una vid parasítica. Decido salir a comprar cepillos de dientes y una rasuradora.

Y quizá café o Dr. Pepper.

Y un cargador de teléfono, sino ambos teléfonos se apagarán.

Le dejo una nota rápida a Sloane y me dirijo a los ascensores.

No puedo pensar en borrarle la mente a Sloane. Primero, tengo que ganar una pelea contra un transformista gato. Luego pagarles a los pendejos de la mafia. Luego me preocuparé por lo que sigue.

Sí, porque meter la cabeza en la arena siempre funciona bien.

* * *

Sloane

Me lavo los dientes con el cepillo que trajo Bo, intento actuar como si todo estuviera bien. Como si no me asustara totalmente todo.

La pelea.

El dinero.

La mafia.

Que me borren la mente.

Porque escuché lo que le dijo Garrett a Bo. *Haz que le borren la memoria esta noche.*

No sé cómo funciona eso, pero sé que no lo quiero. Fui estúpido en confiar en que alguien me apoyara. Nadie lo ha hecho. Vine a este mundo sola, y me iré sola.

O sea, no culpo a Bo. Reconocí la tensión en él desde que fui testigo de su secreto. No se supone que lo sepa. Lo entiendo.

Y él sigue siendo un maldito príncipe azul para mí. Me salvó la vida. Peleará para ganar dinero para mí.

Tiene mi gratitud eterna.

Pero ha tenido razón desde el principio. Soy malas noticias para él y su familia. Ahora le causaré estrés con su manada.

Definitivamente no le causaré problemas también con la mafia de Detroit.

Ni bien termine la pelea, necesito salir de aquí. Terminar todo con Bo. No puedo dejar que actúe como un héroe para salvar mi trasero. No podría vivir conmigo misma si algo le sucediera.

Bo compró un cargador y ahora tengo el teléfono conectado. Le envíe un mensaje a mi tía anoche para decirle que pasaría la noche con un amigo.

Estoy bastante segura de que sabe que ese amigo es Bo porque me respondió, *Por favor, puedes ser honesta conmigo. Sólo quiero que estés a salvo.*

Respondí, *¡Lo estaré!*

Lo sé, probablemente mucho menos de lo que ella querría o puede que tenga que soportar algún tipo de charla de sexo seguro cuando regrese.

—Entonces... ¿ahora qué? —Le pregunto a Bo cuando ambos terminamos de lavarnos los dientes.

Su expresión es indescifrable.

—Tenemos algunas horas libres. No lo sé, ¿quieres ir a recorrer algo de Tucson?

Mi pecho se tensa aún más. ¿Cómo es este tipo tan dulce?

—Sí, eso estaría bien. —Entrelazo mis dedos con los suyos y saboreo cada caricia, cada gesto como el último.

—¿Quieres aprender a andar en motocicleta? —me pregunta cuando salimos.

Parte de la pesadez en mis extremidades desaparece y casi logro sonreír.

—Totalmente.

Bo me mira con esa sonrisa de pirata y, por un momento, mi corazón se emociona (la felicidad mueve sus alas delicadas) antes de recordar que no puedo quedarme con esto.

No puedo quedarme con él.

Pero tengo estos momentos. El mundo se enfoca. El sol ya está calentando la mañana fría de otoño, y estoy con un tipo que es puro sexo. Me pongo el casco y escucho con atención mientras me explica cómo sostener el embriague y hacer que arranque la motocicleta. Me lleva varios intentos, cinco para ser exacta, pero la enciendo.

Sonrisa de pirata.

Me desmayo.

—Bueno, ahora practicarás poner los cambios. ¿Alguna vez condujiste con palanca?

Niego con la cabeza.

Él pasa la pierna sobre el asiento para sentarse en la moto detrás de mí, y toma el manubrio.

Por un momento, dejo de escuchar y empiezo a saborear cómo se siente su cuerpo cerca del mío. Su aroma limpio recién salido de la ducha. Ver sus antebrazos fuertes y sus manos grandes.

Te amo.

Esas palabras aparecen en mi mente.

No las digo, por supuesto.

Nunca las diré. Tampoco nos haría algún bien. Pero son reales y verdaderas.

Él me explica cómo pasar los cambios con el embriague y luego me lo muestra un par de veces antes de dejarme intentar.

Apago la moto de inmediato.

Maldición.

Tres intentos más para encender el motor. Cuatro para lograr poner los cambios y moverme.

Los brazos de Bo se mantienen levemente a mi alrededor, como si estuviera listo para ocuparse si me equivoco, pero salimos y navego por la calle.

—Ahora presiona el embriague y haz el cambio, —me dice en el oído.

Increíblemente, lo hago.

Me río cuando tomamos velocidad. Nos llevo por calles traseras detrás del centro, subo y bajo barrios históricos.

—Aquí ve a la derecha, —me dirige Bo, señalando una calle más grande. Sigo sus indicaciones y pronto estamos subiendo por un camino que lleva a una colina grande, o quizás un pico pequeño, con una letra «A» gigante por la U de A.

El paisaje en Arizona es increíblemente diferente al de Michigan. Al principio, lo vi todo como marrón, pero ahora que llevo aquí unos meses, veo color en los marrones. Las texturas. Los verdes de los saguaros, el brillo de las espinas en el atardecer, como un halo de luz que rodea a los cactus gigantes. Hay flores silvestres en otoño. Y frutas en los cactus.

Y ahora que ese calor doloroso del verano ya ha pasado, hay algo sanador en el sol. Como si fuera a quemar toda la mierda de mi vida y volverme nueva.

Conducimos todo el camino hasta la cima de la montaña, y casi nos mato intentando estacionar. En realidad no, pero Bo baja el pie y toma el manubrio para evitar que lo tire.

—Buen trabajo, Piernas. Lo lograste.

Salto en una pierna para bajarme y volteo para verlo.

—Lo hice. —A pesar de todo lo que hemos pasado y todavía nos enfrentados, no puedo evitar la sonrisa que aparece en mi rostro—. Gracias.

Él me toma en sus brazos y sólo me sostiene allí.

Esta vez, la carga de tensión sexual está ausente. O al menos disminuida. Hay dulzura en cómo me sostiene. Como si él también supiera que es nuestro último día juntos.

Que deberíamos disfrutar estos pequeños momentos.

No sé cuánto tiempo llevamos aquí. Es un rato.

Finalmente, Bo pone el peso sobre su otro pie y me suelta.

—Será mejor que vayamos al Club de la Pelea.

—¿En serio? ¿Se llama Club de la Pelea?

—El club de la pelea de transformistas, sí.

Me quedo helada cuando me doy cuenta.

—Ay, mierda. Esto es como, ¿pelea en jaulas?

—Sí, definitivamente. —Veo por un segundo su sonrisa de pirata—. No te preocupes, Piernas, puedo con esto.

Mi estómago se vuelve un nudo tenso.

Espero, maldición, que no se equivoque.

Capítulo trece

B^o Definitivamente no sabía en qué me estaba metiendo.

He estado en peleas. Con mis amigos. Con otros transformistas de mi edad.

No con transformistas adultos de otras especies.

Es mediodía y domingo, pero el Club de la Pelea de Transformistas está *colmado*. Me refiero a realmente lleno.

Sólo el olor me sobrepasa. Nunca antes vi tantas especies de transformistas. Hay tantos olores que no logro identificar.

La novia de Trey, Sheridan, recorre el lugar y da órdenes sin aceptar no. Ella es realmente sensual, pero tengo cuidado de no mirar. Siento el aroma de la marca de Trey en ella, lo que significa que él podría ponerse muy territorial e irritable si le parezco irrespetuoso.

Tengo a mi propia chica que proteger, y mi lobo definitivamente está preocupado por todos los posibles peligros para ella.

Qué mal que el peor podría ser yo.

Mantengo las manos en la cintura; necesito sentirla debajo de mí, mostrar que la reclamo, aunque no está marcada.

A ella la miran bastante, pero la mayoría de las miradas no son amistosas. Saben que es humana, y es probable que no se permitan humanos aquí. O al menos que no sean bienvenidos.

Como suele hacer Sloane, no muestra nada de incomodidad; sólo arroja el cabello hacia atrás y mira a su alrededor con calma.

—Llevaré a Bo a la parte de atrás, pero puedes quedarte aquí detrás del bar, con Sheridan, —le dice Trey—.

Sheridan, ella es Sloane, la novia de Bo de Cave Hills.

Sheridan fue la princesa de la manada de Wolf Ridge antes de irse a ser desterrada con Trey, así que sabe exactamente lo que eso significa. Observa a Sloane por medio segundo antes de darle la mano.

—Es un gusto conocerte. Puedes quedarte aquí atrás conmigo donde estarás a salvo mientras Bo pelea. ¿Suena bien?

Sloane asiente. De nuevo, no muestra nada, pero siento su incomodidad. Le doy un rápido apretón a su mano antes de irme con Trey.

Él me da unos pantalones cortos de gimnasia y una charla de preparación que apenas escucho.

He visto a competidor y luce despiadado. Más grande que yo, pero no es tanto el tamaño, sino la expresión asquerosa en su rostro que me parece provocadora. Como si quisiera arrancarme las entrañas.

Espero que eso no haya sucedido aquí.

Me muevo sobre la parte circulas de mis pies, escuchando los rugidos de la multitud cuando empieza la primera pelea.

El tiempo se acelera. O quizá se congela. Todo lo que sé es que en un momento estoy allí parado esperando; el próximo, Trey me está moviendo hacia adelante, hacia la jaula, anunciando mi nombre y las estadísticas a la multitud.

Ni siquiera veo que viene mi primer golpe. Me tira al suelo, posiblemente me rompe el pómulo.

Pero ruedo y me levanto, más rápido de lo que espera, y le doy vueltas al gato. Creo que es una pantera. No, quizás un jaguar. ¿Cómo carajos lo sabría?

Me lanza otro golpe, pero lo esquivo. Intento hacerlo yo. Le doy en las costillas, pero luego él también me da.

Giramos en círculos, tirando algunos golpes. Esquivo los primeros dos; luego me da un golpe que la sien que me hace caer. Mi visión se oscurece. No sé por cuánto tiempo, quizás un segundo. Me levanto, pero la multitud me abuchea.

El gato se está riendo. Viene hacia mí de nuevo. Estoy mareado y juzgo mal el golpe, lo tiro muy amplio. Me da otro en los dientes y voy hacia atrás.

Él avanza.

—¿Estás peleando por esa chica con la que viniste? —me provoca—. ¿Esa pequeña vagina linda?

Gruño. Sé que intenta hacerme enojar, pero no puedo evitarlo. No me gusta que hable de Sloane.

—¿Crees que esté impresionada con su pequeño novio de secundaria ahora mismo? —se ríe—. Estoy bastante seguro de que está allí haciéndose pis en los pantalones. ¿Por qué carajos traerías a una humana a un lugar así? —Él vuelve a intentar golpearme y avanzo, lo golpeo de lleno en el estómago cuatro veces antes de que me responda—. Te diré algo, lobito. Hagamos un trato. Si gano, te daré el dinero de mi premio si me dejas dar un paseo con tu linda humana.

Eso es todo. Apenas contengo mi lobo mientras me

abalanzo sobre él. Lo tiro al suelo y lo sostengo, golpeando su rostro una y otra vez. No tiene chance de liberarse ahora. Mi mente sólo se concentra en un propósito: proteger a mi mujer.

Y castigar cualquier amenaza hacia ella.

Ni siquiera noto que queda inconsciente, sólo que Trey tiene que sacarme de encima suyo, gritando,

—¡Suficiente, Bo! Se terminó, ¡ganaste!

* * *

Sloane

Trey sostiene el puño de Bo en el aire como campeón, y la multitud ruge, mayormente en desaprobación, creo, pero todos los lobos están con Bo, y son los que gritan más fuerte.

La mirada de Bo recorre la multitud y aterriza en mí, y él sonríe; hay sangre entre sus dientes igual que el día del baile de bienvenida.

Dios.

Mis palmas están sudorosas y abiertas porque mis uñas apuñalaron la piel cuando tenía tanto miedo. Y él está allí arriba, sonriendo. Como si acabara de pasar el mejor momento de su vida.

Maldito chico lobo loco.

Casi me caigo por la emoción que inunda mi pecho. Amor, supongo. Un cariño total. Gratitud. Quizá sean lo mismo.

Me encanta que el chico lobo esté parado allí arriba, sonriendo porque acaba de pelear por mí y ganar.

Trey lo arrastra por la entrada trasera y él desaparece, luego vuelve a salir con una camiseta nueva y sus vaqueros;

empuja entre la multitud para llegar a mí. Salgo de atrás del bar y me tiro encima de él.

Se ríe, me toma por la cintura; luego me levanta para estar sentada en su cintura.

—Estuviste increíble, —grito, dejando besos en su cuello y mordiéndole el hombro.

—Casi me descalifican, —dice.

—¿A qué te refieres?

—Está contra las reglas dejar salir a tu animal en la jaula, y casi se me bajan los colmillos para matar al idiota.

Mis muslos se tensan alrededor de su cintura mientras la habitación calurosa da vueltas a mi alrededor. Hay tantas cosas de otro mundo que captar aquí; sigo aturdida.

Mi novio es un lobo.

Novio *falso.*

¿O es real ahora?

—Te faltó el respeto y me volví loco, —me dice Bo.

Quiero hacerlo con él aquí mismo. Esto de lobo-caballero me excita como nada más en el mundo. Debe sentir la vibra porque sus brazos se tensan a mi alrededor. Se dirige a la habitación trasera de la que salió.

Veo a algunos haciendo apuestas cuando pasamos: un tipo canoso que luce joven paga en efectivo, y detrás hay otro más alto con lentes de botella y un hombre dando direcciones a los apostadores con un acento irlandés.

—Sólo empleados; ah, eres tú, —dice el tipo gigante que cuida la puerta trasera. Su mirada pasa de mi rostro a Bo, y luego suspira y se hace a un lado—. Dime que tienes protección, —le dice a Bo.

Dios, ¿es tan evidente? Me sonrojo. De hecho, ya estaba sonrojada. Ahora es probable que luzca roja como una señal de alto.

—Sip, estoy bien, —le responde Bo. Él me lleva al depósito y me sienta en una pila de cajas. —Perdón, eso fue patético. ¿Te dio vergüenza? No tenemos que hacer esto.

Debo seguir sonrojada, pero no me importa. No conozco al tipo ni a nadie más aquí. Y quiero mostrarle mi aprecio a Bo.

—Estoy más duro que una piedra por ti, Piernas. Siente.

Tomo su miembro con la mano a través de sus vaqueros y aprieto fuerte.

—Sácalo. —Mi voz suena rasposa.

—Destino, —murmura, abriéndose rápido la bragueta como si su vida dependiera de ello.

Me muevo para bajar una caja y ponerme de rodillas, pero él me toma, me hace girar mirando las cajas y me golpea el trasero.

—Quiero estar dentro de ti. —Él se estira hasta el frente y frota entre mis piernas—. ¿Eso está bien, hermosa?

—Sí. —Pienso en decirle que sea gentil porque sigo dolorida de anoche y porque me golpearan en las costillas, pero en realidad no quiero que lo sea.

Me gusta cuando duele un poco.

Me gusta cuando es duro.

Me gusta sentir el animal en su interior. Verlo perder el control con el deseo que siente por mí. La forma en que sus ojos cambian de color; ahora entiendo por qué a veces son plateados.

Ya estoy mojada para él. Cubro su mano con la mía y lo aliento a seguir. Me acaricia el cuello, su respiración caliente, sus dientes raspan la piel. Me desabrocha los vaqueros y mete la mano. Gimo ni bien sus dígitos tocan mis partes sensibles; mi suelo pélvico se contrae.

—Oh, destino, Sloane. Estás tan mojada.

—Házmelo, chico lobo.

Sus movimientos se vuelven más urgentes. Él me baja

los vaqueros y las bragas y le da un golpe fuerte a mi trasero. Si me hubieran preguntado antes si quería que un tipo me pegara en el trasero, la respuesta definitivamente hubiera sido que no, pero cada vez que lo hace, me excito más. Ya estoy encendida por la lujuria que siento por él.

Escucho el movimiento de sus pantalones, el ruido de aluminio y luego siento su miembro cubierto en mi entrada. Empujo hacia atrás para recibirlo. Estoy adolorida de anoche, pero también lista, y él se desliza enseguida; el dolor sólo produce más placer, que sea mejor, más delicioso.

—Sloane, —dice con voz rasposa; sus dedos pasan alrededor de mi cadera, su miembro me abre bien, me llena con cada movimiento lento—. Te sientes tan bien.

Lo miro por encima del hombro, y él reclama mi boca con un beso torpe y de costado.

—Eres tan ardiente. No sé cómo una humana puede ser tan ardiente.

Aunque sea absurdo, me gusta ese cumplido, a pesar de que sea ambiguo.

—Eres el único, —le digo.

—¿El único qué?

—El único que ha estado ahí. —Ya lo sabe, él tomó mi virginidad, pero intento decirle algo más—. El único al que he dejado entrar. El único en el que confié. —Quise decir *puedo confiar*, pero salió en pasado. Porque ya sé que se supone que me borre la mente, que las últimas veinticuatro horas desaparezcan de mi cerebro.

Sus movimientos dudan, como si hubiera notado mi error, y se preguntara si lo sé.

Él maldice y empieza a hacérmelo fuerte; lleva una mano a frotar mi clítoris. Ya nos está llevando al final.

Noto la metáfora en eso.

Es lo que tiene que pasar.

Cierro los ojos y me entrego a la intensidad de sus empujones. Un par de segundos más y acabo; mi cuerpo convulsiona, mi canal se cierra y aprieta su miembro.

Él gruñe y golpea más, más y más fuerte hasta que empuja profundo y se queda; contiene la respiración y exhala; luego descarga con un gruñido grave y lento.

Lleva condón, pero juraría que siento el calor de su descarga dentro de mí, y mis músculos aprietan y se mueven alrededor de él para obtener más. Bo frota mi clítoris y obtiene algunas sacudidas más de mí antes de salir y subirme las bragas. Hay algo ardiente en cómo me cierra y abotona los vaqueros. Ardiente y dulce.

Me besa el cuello. No lo miro. No puedo. Es hora de volver a poner murallas. Volver a levantar las barreras, decirle adiós a este tipo increíble que quiero tener por siempre.

—Espera, ya regreso. —Él desaparece para tirar el condón y vuelve con una botella de agua, que abre y me la ofrece.

Bebo bastante y se la paso.

—¿Bo? Tengo tu pago, —grita Trey, claramente nos da espacio por si interrumpe algo—. Ven a mi oficina.

Bo toma mi mano y trotamos.

—Iré rápido al baño de mujeres, —le digo—. ¿Te veo en el bar?

Él me aprieta la mano.

—Suena bien.

Voy al baño y luego me dirijo al bar. Está vacío de tres cuartas parte de la gente que había, pero de inmediato reconozco a la figura sentada en el bar.

Winslow.

Y no está feliz de verme. Para nada.

El tipo todavía me asusta, incluso ahora que Bo y yo

somos algo, pero me pongo derecha y me acerco a él. —Ey. Me alegra ver que estás bien. Tu familia ha estado preocupada.

Él me mira entrecerrando los ojos.

—Te dije que no lo metieras en esto, maldición.

—Lo sé. Lo hice. Al menos, lo intenté. Pero es un tipo difícil de disuadir.

Había olvidado lo grande que es. Bo parece grande, pero este tipo es una torre sobre mí, y tiene la contextura de un tanque. Es difícil no asustarme cuando se inclina e invade mi espacio.

—Escuché que hubo problemas anoche. Y estoy cien por ciento seguro de que fuiste tú. Así que sólo te lo diré una vez: sal de la vida de Bo, maldición.

Me sorprende la necesidad repentina de llorar. Tengo que pestañear rápido para limpiar el agua de mis ojos.

—Lo haré, —afirmo. Porque ese fue mi plan todo el tiempo.

—Si no lo haces, te entregaré a la policía como mi cómplice de robo de coches.

Probablemente no lo haga porque eso también implicaría entregarse a sí mismo, y dudo que planee hacer eso, pero siento que es una amenaza visceral, una ola de adrenalina me recorre.

—Ya está hecho. Me iré, —digo, mientras Bo aparece detrás de mí.

—Winslow. —Él mira más alá de Winslow al tipo sentado a su lado—. Ben. —La voz de Bo tiene sorpresa y un poco de indignación. No es la reunión feliz que podría haber esperado. Siento que irradia tensión y él pasa algo hacia la cintura de mis vaqueros en la parte de atrás (debe ser el sobre de dinero), como si no quisiera que Winslow lo viera.

—¿Aquí has estado? Mamá está muy preocupada por ti. Por el amor de Dios, podrías haber llamado.

El rostro de Winslow se contorsiona con enojo.

—Qué descaro viniendo de un niño que puede haber matado a un hombre anoche.

Doy un paso atrás, y Bo se para frente a mí, como para protegerme de Winslow. Su amigo se levanta del asiento, como si apoyara a Winslow. Lucen de la misma edad. E inteligencia.

—Ey, ve y espérame junto a la moto, —murmura, y me toca la pierna.

No tiene que pedírmelo dos veces.

Salgo del edificio, un depósito que ha sido convertido en un bar industrial de moda y me paro en el estacionamiento repavimentado.

Me toma unos momentos darme cuenta de mi situación y luego todo tiene sentido.

Es hora de cumplir la promesa que le hice a Winslow. De irme.

Sin Bo.

Capítulo catorce

B^o ¡Hijo de una *maldita* puta!

Pateo el costado del depósito de metal que es el Club de la Pelea; tengo el estómago trabado debajo de las costillas y me cuesta respirar.

Ella se fue.

Tomó el dinero *y mi moto*, y se fue.

¡Esa *perra*!

No, no quise decir eso.

Sí, así fue.

¡Mierda!

Vuelvo a patear el edificio, hundiendo el metal y probablemente rompiéndome un par de dedos en el proceso. No puedo creer que me acaba de engañar Sloane McCormick. O sea, ¿qué carajos?

Abro la puerta y vuelvo a entrar, pestañeo mientras mis ojos se ajustan al cambio de luz. Winslow sigue en el bar.

En serio, tampoco puedo creer en ese pendejo. Todo el tiempo estuvo aquí en Tucson pasando el rato con el resto de los lobos que echaron de nuestra manada. Debería haber sabido que estaría bien. Los ancianos de la manada intentaron meternos en la cabeza que no sobreviviríamos sin una manada. Los lobos solitarios están en peligro y toda esa mierda. Aquí estaba tan preocupado porque hubieran echado a Winslow, y él está bien. Resulta que ya tiene trabajo con Tank, otro ex miembro de la manada de Wolf Ridge que tiene un taller de motocicletas aquí.

No está solo y muriendo de hambre, caminando entre la población humana sin nadie de su especie alrededor.

Y soy un idiota porque siquiera me importe.

Me acerco a él, tomo su cerveza y me la termino.

Él me mira con una sonrisa complaciente. Sí, nuestra relación en los últimos años básicamente ha sido que él me comprara cerveza a mí y a mis amigos porque todavía no teníamos edad de beber.

—Se ha ido. Tomó mi maldita moto y se fue. ¿Tienes vehículo?

—Buen viaje, —dice Winslow con facilidad. Casi como si lo esperara.

Entrecierro los ojos. ¿No debería estar enojado por mí de que se robara mi Triumph? O sea, no le caía bien desde un principio.

Winslow pide otra cerveza.

—Tank me prestó una camioneta. Pero la necesito.

—El alfa Green dijo que tenías que ir al consejo o que te desterrarían.

—Que se vaya a la mierda, —dice Winslow.

No me sorprende esa respuesta.

—Bueno, al menos llévame a casa, ve a mamá y calma sus preocupaciones por ti.

Él levanta las cejas.

—¿Tú pagarás la gasolina?

Claro, con todo el dinero que no tengo, porque *Sloane se llevó todo.* Pero no tengo otra opción que estar de acuerdo.

—Sí.

Él suspira y se para, toma la cerveza que le trae el bartender y se la termina.

—Vamos.

No le hablo todo el camino hasta casa. Estoy enojado con Winslow, y estoy enojado con Sloane. Pero mayormente, sólo estoy enojado conmigo mismo.

¿Por qué me involucré en esta mierda? Por un par de piernas sensuales que entraron al taller con luna llena, ¿y sigo siento un adolescente tan caliente que no pude dejar de perseguirlas?

Qué maldito idiota.

Intento no pensar en nada, pero termino analizando cada momento que pasamos juntos.

El primer paseo en mi moto. Cuando me pagó para enseñarle a poner un motor, y luego se dio cuenta de que era mucho para aprender sobre la marcha.

Su baile de bienvenida.

Hacerla acabar con el vibrador.

Sexo.

Esa parte fue real. Destino, tengo que creer que esa parte fue real. Esto no ha sido todo un engaño.

Y ella no me estaba engañando porque yo fui el maldito cazador.

¿Aunque eso no evito que me usara, no?

Que me dejara pelear por ella. Que se llevara el dinero que gané para ella.

Está desesperada, me recuerda la pequeña voz de la razón.

Sí, pero estuve a su lado todo el tiempo. Protegiéndola.

Evité que hiciera esto sola. Esperaba pensar alguna forma de resolver los problemas que tiene.

Sólo que ella no quería que fuera su príncipe azul.

El rechazo me quema un agujero del tamaño de un tronco en el medio del pecho. Realmente me importaba esta chica, y ella me arrugó como un pedazo usado de papel y me tiró a la basura.

Habría hecho lo que fuera por ella.

Y cuando desciende y aterriza esa idea, la siento en todas mis extremidades. En cada órgano, en cada celular de sangre que se mueve por mis venas.

Todavía lo haría.

Incluso después de su traición, todavía lo haría.

* * *

Sloane

Lloro todo el camino hasta Wolf Ridge. Me siento como una idiota por dejar a Bo con el miembro volando en el viento. Y soy una perra egoísta porque en realidad no quiero hacer esto sola. Puede que sólo hayan pasado veinticuatro horas, pero lo que es seguro es que me gustaba tener a Bo a mi lado. Levantando una espada y peleando mis batallas por mí.

Pero, por supuesto, no puedo dejarlo.

Y tendré que seguir jodiéndolo si quiero que se mantenga lejos.

Llevo su motocicleta hasta el taller de Wolf Ridge que desafortunadamente parece estar cerrado. Abro el sobre de dinero y lo cuento. Once mil setecientos dólares.

Es una ganancia bastante asombrosa para un chico de secundaria en un sólo día.

Desearía poder dejárselo todo. Lo haría, si no estuviera también preocupada por mi prima. Pero le dejo setecientos y me llevo los once mí. Busco un bolígrafo en mi bolso y escribo en la parte de atrás de un recibo:

Bo,

Perdóname por terminar así las cosas.

Por favor, no me busques. Te devolveré el dinero cuando pueda.

Gracias definitivamente no es suficiente, pero es todo lo que tengo.

Y sé que no me debes nada, pero tengo que rogarte otro favor: por favor no me quites los recuerdos de ti. Los necesito.

—S

Quiero escribir *Te amo*, pero sé que no es lo correcto. Abriría una puerta en vez de cerrarla. Y no puedo seguir teniendo a Bo en mi vida.

Me limpio las lágrimas con los dedos y meto la nota y el efectivo en el sobre para ponerlo en su maleta. Espero que nadie lo robe antes de que lo encuentre, pero dudo que lo hagan. Después de mirar brevemente la comunidad transformista de Tucson, tengo la sensación de que todos en Wolf Ridge se cuidan entre sí. No se robarán dinero.

Luego, envío un mensaje al número que tengo de Vinny. Intentaré adelantarme al desastre haciendo un pago de buena fe con todo lo que tengo. Pongo un lugar de reunión en una cuadra muy pública de Scottsdale y pido un Lyft. Puedo pasar por lo de mi tía y buscar el resto del efectivo de la primera venta de coche. Treinta mil debería comprarme un poco más de tiempo.

Mientras voy a Cave Hills y luego a Scottsdale, mi estómago hace ruido por no tener nada dentro. Mi cuerpo se siente semi-muerto. No; muerto del todo. Porque empiezo a preguntarme qué sentido tiene vivir con todo lo que he perdido.

Pensé que dejaría de vivir cuando mi padre fue a la cárcel y vine a Arizona, pero me equivoqué. Nunca supe lo que es vivir. No lo sabía hasta que Bo Fenton se trepó por mi ventana e invadió mi vida. Se declaró mi novio inventado. Me llevó al Baile de bienvenida. Tomó mi virginidad y saltó frente a un arma por mí.

Y ahora que lo sé, nada menos que vivir con Bo es siquiera existir.

Pero no puedo hacer nada. Incluso si mi situación no fuera tan jodida, que lo es, igual no podría estar conmigo. Escuché la orden del líder de la manada de Tucson. Planea hacer que me borren la mente para olvidar lo que es. Eso significa que igual tampoco podría estar conmigo.

Mejor ahora que una vez que hayamos pasado más tiempo juntos. Que hayamos expuesto más de nuestros corazones a que salgan golpeados.

Paso rápido por la casa adosada, agradecida de que mi tía y Rikki no estén en casa para hacer preguntas y luego vuelvo al coche. El conductor de Lyft estaciona en la esquina designada y bajo, tomo mi bolso lleno de efectivo. Miro a mi alrededor, pero no veo a los tipos.

Un silbido me hace mirar por un callejón.

Carajo.

Por supuesto que estacionaron ahí, donde nadie verá qué sucede. Me acerco y entro por la puerta abierta del asiento trasero. Tom se sube a mi lado y cierra la puerta y el coche sale por la calle.

Esa fue mi primera advertencia de que algo andaba mal.

La segunda fue el golpe en la sien, que hizo que todo se oscureciera de inmediato.

* * *

Bo

Winslow y mi mamá están sentados en la mesa de la cocina, mi mamá llora, Winslow cubre su mano con la suya y promete que todo estará bien.

Los dejo y voy por el pasillo hasta mi habitación, donde me tiro boca abajo en la cama.

Todo lo que siento es vacío.

Debería estar feliz. Cumplí la meta que tenía: encontrar a Winslow. Traerlo a casa para que se despida de nuestra mamá. Pero no hay nada de satisfacción.

Para empezar, es bastante irrelevante cuando Winslow vive a dos horas y media en Tucson. Puede que se esté escondiendo de la ley, pero no está en una cueva en Utah o en Nuevo México, sin conexión, donde van los transformistas a desaparecer. Está en la ciudad más cercana. Con un trabajo y una manada que lo cuiden.

Pero nada de esto tiene que ver con Winslow.

Se trata de lo que pasó con Sloane.

Esa chica realmente me *destruyó*.

Ni siquiera sé cómo pasó. Yo estaba dando las órdenes. Me metí de prepo en su vida. Pero aquí estoy, soy a quien destrozaron.

Y ella salió ilesa.

¿Fue así?

Revisé el celular cincuenta veces, pero no tengo mensajes de ella, y sigo demasiado enojado para enviarle uno. Si lo hiciera, destruiría más todo lo que fuimos, y a pesar de todo, no estoy seguro de querer eso.

Me suena el teléfono y lo saco rápido del bolsillo. Es Wilde, viendo cómo estoy. *¿Vienes mañana a la escuela, idiota?*

Ignoro el mensaje y cierro los ojos.

Quiero obligarme a dormir.

Espero por el destino sentirme más como yo mismo mañana.

Saber qué hacer.

Supongo que una cosa es segura: no tengo que sentirme mal porque le borran la memoria a Sloane. No cuando le importo tan poco.

* * *

Sloane

Me late la cabeza. Creo que me drogaron porque mi cuerpo no se mueve. Mi boca sabe a algodón, y quiero vomitar.

Estoy acostada en el asiento trasero del Navigator, y el ruido que escucho es el estéreo con Post Malone a todo volumen. Hay charla en el asiento delantero también, pero no logro entender qué dicen con la música.

Y es de día.

Lo que significa que hemos estado conduciendo toda la noche. Al menos, eso creo. Me desperté otras pocas veces durante la noche, y cada vez fue lo mismo. El coche en movimiento. Mi cuerpo demasiado débil como para responder órdenes.

¿Adónde carajos estamos yendo?

Oh, mierda.

Me están llevando con mi nuevo dueño para que me torturen y me violen hasta... ¿hasta qué? Que me maten o me vuelvan a vender a alguien más para repetir el mismo destino. La bilis invade mi garganta e intento tragarla.

Al menos Rikki no está aquí también. Eso me habría matado.

Toso, me ahogo un poco, y uno de los rostros de los tipos se vuelve claro cuando me mira. Tom.

—Está despierta otra vez.

—Encárgate de ella, —dice Vinny.

—¿Y si necesita ir al baño o algo? No quiero que lo haga en el coche. O sea, ¿cómo funciona con esta mierda?

—¡Sólo dale otra maldita inyección! —Grita Vinny.

Intento lograr que se muevan mis labios.

—Sí tengo que hacer pis, —logro decir. Probablemente sea verdad. No me doy cuenta porque no puedo sentir el cuerpo. Pero definitivamente quiero que paren en algún lugar para poder escaparme.

—*Fanculo*, —protesta Vinny. Probablemente sea una mala palabra italiana. El vehículo frena de repente y paramos.

Bueno, mierda.

Estaba esperando una parada de descanso. O una estación. O algún lugar que no sea el costado del camino.

Tom sale y abre mi puerta, me saca de adentro. Mis piernas ceden debajo de mí y me caigo al suelo. Él mira hacia abajo con asco.

—Bueno, haz pis entonces.

Estoy segura de que sí tengo que hacer pis. Me esfuerzo en mover las manos y logro desabrocharme los vaqueros y bajarlos. Me agacho y descargo la vejiga.

Maizales.

Estamos rodeados de maizales. Lo que significa... que estamos en algún lugar del medio oeste.

Inesperado.

Pero estoy segura de que necesitan esclavas sexuales en todos lados.

De a poco me paro y vuelvo a subir mis vaqueros, pero no hay tiempo de cerrarlos antes de que Tom me vuelva a meter a la Navigator.

—¿Agua? —digo como un graznido. Tengo tanta sed, mierda.

—Dale otra maldita inyección, —ordena Vinny desde el asiento del conductor.

—Lo haré. ¿Pero crees que necesite agua? O sea, ¿cuánto puede estar una persona sin tomar agua? Han pasado como dieciséis horas.

Dieciséis horas. He estado dormida un largo rato.

—Necesito agua, —repito.

—Si le das agua, tendrá que hacer pis de nuevo. No podemos arriesgarnos.

—Por favor, —ruego—. Sólo un sorbo.

Tom se acerca a mí con una jeringa y la clava en mi brazo. Me cierra la puerta y vuelve a subirse al asiento delantero. El vehículo sale volando. Lo último que recuerdo es que me pasa la botella de agua, pero nunca logro llevármela a la boca.

* * *

Bo

—Fenton, ¡abajo y dame veinte! —Me grita el entrenador Jamison durante la práctica cuando una pelota me pega en la cabeza—. ¡Saca la cabeza del trasero y muéstrame respeto a mí y a tus compañeros!

—¡Sí, señor! —Grito, pero es sólo mecánico. Respondo de memoria. Apenas registro lo que dijo o lo que quiere de mí. Estoy cincuenta brazas debajo del agua ahora mismo y no sé adónde nadar para respirar.

Ni siquiera sé qué siento, más allá de que todo está mal.

Estoy enojado con Sloane. Enojado conmigo mismo. Enojado con el mundo. Y muy dentro está la sensación molesta de que necesito encontrar cómo salir de este ataúd en el que estoy atrapado, pero no tengo idea de cómo hacerlo.

De algún modo, logro pasar la práctica.

—¿Qué sucede contigo, Bo? ¿Supiste algo de Winslow? —Me pregunta Wilde en voz baja en el vestuario. Esperaba que me molestara por cagar tanto la práctica hoy, y la pregunta me ayuda a sacarme un poco de algodón de los oídos. Sobre todo cuando el resto de los alfa-diotas, Austin, Cole y Slade, se nos unen para escuchar la respuesta.

Levanto las manos en el aire.

—Sólo ha estado relajándose en Tucson. Junto con Ben Thomasson y el resto de la manada desterrada.

A Ben Thomasson lo desterraron después de golpear a Bailey, la novia humana de Cole durante la corrida de luna llena.

Cole se mofa.

—Tiene sentido. El idiota es demasiado engreído para esconderse o tener un perfil bajo. Sin ofender.

Niego con la cabeza. Definitivamente no me ofende. Mis amigos han sido víctimas de la tiranía de Winslow y Ben por tanto tiempo como yo, lo que significa toda nuestra vida.

—¿Qué hay de 60 segundos? —Pregunta Slade.

Lo empujo contra los casilleros, con la mano en la garganta.

—No la llames así.

—Bueno, con calma, hermano.

No quiero soltarlo. Preferiría matarlo. Sólo por mencionarla. Por pensar en ella.

Austin y Wilde toman uno de mis brazos cada uno y me sacan.

—Amigo. Relájate. ¿Puedes calmarte? —Wilde pone su rostro justo al lado del mío para gruñirme esas palabras.

Preferiría pelear con Slade. Preferiría pelear con todos.

Pero es probable que no me sienta mejor.

Me relajo y luego me los quito de encima.

—Necesito que me lleven a casa, —murmuro.

—¿Por qué? ¿Te robó la moto? —Se burla Cole.

Estoy encima de él en un instante y lo tiro al suelo. Cole es un hijo de puta malvado, sobre todo con lo que ha estado sucediendo en su casa estos últimos años, pero eso no me frena ni por un segundo. Quiero sangre y la quiero ahora.

Lleva a Austin, Wilde y Slade sacarme de encima de él, y todo el tiempo, susurran-gritan porque el entrenador está en el vestuario ahora y nos pateará el trasero a todos si nos ve peleando.

Terminan sentados sobre mí: Wilde sobre mi pecho, Austin en mi estómago, Slade en mis piernas. Se sientan encima hasta que mi visión vuelve a la normalidad, y me aflojo en derrota.

—¿En serio te robó la moto? —Pregunta Wilde con un tono neutro.

Esta vez no tengo ganas de pelear. Necesito que mis amigos me ayuden a entender qué carajos pasa aquí. Asiento.

Wilde silba y se baja de encima mío. Los otro dos se mueven y me ayudan a pararme.

—¿Qué harás?

Me encojo de hombros.

—Realmente no sé.

Ella me mira fijo. No imagino por qué pensé que serían de ayuda.

—Bueno... no puedo lastimarla. No puedo y no lo haría. Nunca. —Supongo que iré a hacérselo.

Es estúpido y reduccionista, pero ni bien lo digo, siento que cien toneladas se levantan de mi pecho.

Como si mi lobo celebrara que iré con ella. Que hacérselo sigue siendo una opción. Que no me alejaré.

Cole me golpea la espalda.

—Eso definitivamente lo solucionará, amigo.

No sé si está siendo sarcástico o hablando en serio, pero no importa. La liviandad se ha apoderado de mi cuerpo. Necesito ver a Sloane. Hacérselo hasta no sentir nada como castigo.

Luego pensaremos en nuestra mierda.

Es la única solución que tiene sentido.

—Llévenme al taller, —le digo a Wilde, y saco la mochila del casillero para ponérmela en la espalda—. Tengo que lograr que el coche de Winslow llegue a Cave Hills.

* * *

Mi corazón está confundido cuando llegamos a la tienda. Mi moto está estacionada en la parte de atrás y observo el área como si también estuviera ella.

Salgo del Jeep y saludo a Wilde; luego corro hacia la moto. Las llaves no están en el encendido. Busco en la bolsa y las encuentro, junto con el sobre de dinero que me dio Trey. Y una nota.

Respiro con dificultad mientras la leo.

Y vuelvo a leerla.

Me la llevo a la nariz para olerla. Huelo sus lágrimas. Eso no debería ser imposible, pero juro que es verdad. Sloane estaba llorando cuando escribió esto.

Ella realmente me ama. *No me borres los recuerdos de ti. Los necesito.*

Todo tiene sentido y se vuelve claro como el agua.

Ella me escuchó hablar de borrarle la mente, así que escapó. Quién sabe, quizá Winslow también la amenazó cuando estuvieron solos. Sí, conociéndolo, es probable que lo hiciera. Y ella ha estado preocupada porque me involucre con el problema de la mafia.

Así que me libera. Ella no estaba siendo una perra. Le importaba. Importo.

Y ella no vendió mi moto. Fue dulce de su parte también dejarme una notita con el dinero. Lo guardo y me subo a la moto para encenderla.

Si cree que puede tomar las decisiones conmigo, realmente se equivoca.

Conduzco hasta la casa adosada de su tía y voy por el método antiguo de llamar a la puerta.

Su tía responde, y no estoy preparado para la explosión de tensión que sale de ella.

—¡Bo! —Mira más allá de donde estoy—. ¿Dónde está Sloane?

Miro detrás de mí, aunque sé que no estará allí.

—¿A qué se refiere? ¿No está aquí?

Su tía se pone a llorar.

—No viene desde el sábado. Pensé que estaba contigo,

pero nunca volvió a casa, y ahora tampoco responde los mensajes.

La sorpresa me recorre. Como en una película de terror, donde de pronto ponen esa música chillona fuerte.

—Mierda. —Entro a la casa de su tía, ni siquiera me disculpo por hablar con malas palabras. Saco el teléfono, como si mágicamente fuera a tener mensajes de Sloane ahora, y me tiembla la mano mientras lo sostengo.

—¿No vino a casa anoche? ¿No regresó para nada desde el sábado?

—No. Ya llamé a la policía. No pondrán una alerta naranja porque tiene más de dieciocho. No lo sé, no parecen estar tomándolo en serio. —La voz de su tía vuelve a quebrarse.

Entro y camino por la pequeña sala de estar, marcándola con mis largas zancadas.

—Estuvo conmigo hasta ayer a la tarde y entonces se fue. —Paro y me paso la mano por el cabello.

Algo malo ha pasado.

Algo realmente malo.

Y aunque no es mi historia, no puedo tener a su tía sin saber nada de los problemas de Sloane.

—Tiene algunos problemas, —logro decir—. Sentémonos. Le diré lo que sé.

La tía de Sloane se sienta en el sofá y Rikki se pone a su lado. Me siento en el borde de la silla y empiezo a hablar. Llego a la parte de seguirla hasta Naco cuando me paro de pronto y saco el teléfono.

—Puse un rastreador en su teléfono. Destino, tal vez siga encendido. Por favor, que siga encendido. —Mi pulgar pasa por la pantalla del teléfono y abre la aplicación. Inhalo fuerte cuando veo una burbuja con su nombre.

—Michigan. Está en Michigan.

—¿Crees que haya ido a ver al tipo de la mafia?

La habitación se mueve a mi alrededor.

—O la llevaron de regreso. Parece que creen que ella tenía sus cosas. Como si las estuviera escondiendo o si ya hubiera vendido algo. Supongo que tiró las cartas de su papá sin abrirlas, así que nunca sabremos si se lo contó antes de morir.

La boca de la tía de Sloane se abre, tiene los ojos grandes.

—¡Las cartas! —Ella se levanta rápido—. ¡Nunca las abrió! Las encontraba en la basura, sin abrir, y las saqué para guardarlas. Pensaba que uno de estos días estaría lista o que necesitaría cerrar ciclos y querría saber qué había en ellas. Intenté mencionarlas cuando murió su papá, pero literalmente se levantó y se alejó de mí cada vez que hablé de ellas.

—¿Entonces todavía las tiene?

Ella sale de la habitación sin responder y vuelve con cinco sobres. Rikki, la tía Jennifer y yo empezamos a abrirlas y leerlas rápido.

—Creo que lo encontré, —dice Jennifer, su voz se eleva mientras lee, *Si algo me sucede, revisa el casillero 2238 del depósito EZ de tu antigua escuela. La llave está en el anillo del candado de tu bici.*

—¡Buscaré la llave! —Rikki se levanta de un salto y sale corriendo de la habitación hacia el garaje.

—Iré a Michigan, —declaro—. Sloane está allí y necesita mi ayuda. —Saco el fajo de dinero de mi bolsillo trasero y se lo arrojo a Jennifer—. Pero no tengo tarjeta de crédito. ¿Me compraría el vuelo?

—Yo también iré, —dice.

Es adulta, pero el alfa en mí tiene que negarse.

—Nop. De ninguna forma. Sloane no quería que usted y Rikki estuvieran involucradas.

—Ella es mi sobrina. Y tú eres sólo un niño, —dice indignada, aunque tiene que ver hacia arriba, muy arriba, para mirarme a los ojos.

Niego con la cabeza.

—Tengo dieciocho y puedo solo. —Le empujo el dinero que me dejó Sloane.

Ella suspira y me pasa por al lado sin tomarlo.

—¡No podrás alquilar un coche! —grita por encima del hombro mientras va hacia el pasillo.

—Pensaré en algo.

Rikki vuelve a aparecer con las llaves.

—Aquí están. —Me las pasa.

—¿Bo? —Ven aquí, —me llama Jennifer desde la cocina y yo la sigo—. Necesito tu nombre completo. Y pon tu número de teléfono en el mío ahora mismo, y el de tu madre. Y necesitaré que me escribas cada una hora.

—Sí, señora.

Ella me mira por encima del hombro con una sonrisa tenue.

—Me alegra que Sloane tenga a alguien como tú, Bo.

Sus palabras fortifican lo que siento en mi centro. Como si hablara de mi propósito en la vida.

Mierda, quizá lo sea. Si sólo Sloane me lo permite.

* * *

Sloane

Me despierto en una habitación oscura, un depósito, quizá, porque hay concreto debajo de mis pies y mucho espacio por encima. Estoy atada a una silla y me duele tanto la cabeza que no puedo pensar.

—Hola, Sloane. —Dice una voz familiar. Un hombre canoso con un traje caro aparece frente a mí. El mafioso. No vi cuándo llegó.

Pestañeo y intento concentrarme en él.

—No has cumplido tu promesa. —Me acaricia la mejilla con la parte de atrás de mis dedos y un escalofrío me recorre.

Me late fuerte el corazón en el pecho.

—Só-sólo necesito un poco más de tiempo. Pensaba una o dos semanas más. Sigo trabajando en eso.

Él me golpea el rostro y mi cuello se mueve con el impacto; las estrellas bailan frente a mis ojos. —No estás trabajando en eso. Estás haciéndolo por ahí y robando coches. Tengo mis propios círculos de robo de coches. No necesito que una adolescente reinvente uno. Ya regresé y quiero mi oro.

—Aquí está lo que tenía en su posesión, Don Salvatore, —dice Vinny—. Trajo treinta mil en efectivo.

Don Salvatore. Ahora tengo un nombre para ir con ese rostro feo. Salvatore toma mi bolso y lo inspecciona. Saca mi teléfono.

—¿Dejaron su celular?

—Nunca lo tocó, Don. Estuvo dormida todo el tiempo.

—Pueden rastrear a la gente con los celulares, idiotas, —gruñe—. Y sus configuraciones de ubicación estaban encendidas.

Me enderezo en la silla. *Configuración de ubicación.* Bo me estaba rastreando antes. ¿Puede que todavía lo esté haciendo?

Es probable que no.

Definitivamente no después de lo que pasamos.

Pero por ínfima que parezca la posibilidad, me encuentro concentrada en ese rayito de esperanza. Hay una oportunidad de que me puedan encontrar. Mi tía ya debe haber llamado a la policía.

Quizás estén rastreando mi teléfono.

Salvatore toma el efectivo y lo mira con poco interés. —He sido paciente contigo. Muy paciente. Pero estoy empezando a pensar que no te puse suficiente presión. Te dije que encontraras el maldito oro y el cuadro. ¿Entonces dónde están?

Me muevo en la silla sólo por el volumen y la cercanía. Su aliento huele a café amargo.

—¡Estoy intentando encontrarlos! —Protesto, y me dan una bofetada en el rostro. Al menos no fue con el revés de la mano. Eso dolió, maldición.

—Trabajen con ella, —ordena y se aleja.

* * *

Bo

Son muchas primeras veces para mí hoy. Nunca salí de Arizona. Nunca volé en avión. Nunca me tomé un Uber.

Pero todo fue sencillo porque estoy en modo guerrero. Listo para destrozar a esos idiotas cuando los alcance.

Camino por el complejo de depósitos EZ con la llave, buscando la unidad correcta. Tuve que firmar y mostrar identificación y la llave del casillero, pero nadie me prohibió la entrada. Este lugar no es Fort Knox. Si los bienes están escondidos aquí, lo único que los mantiene a salvo es el hecho de que la unidad de almacenamiento estaba bajo el nombre S. MacCormac, mal deletreado, y nadie lo conocía.

Encuentro el número correcto y la llave de metal corrugada entra y da la vuelta. Cierro la puerta para tener privacidad, aunque no hay luz dentro.

Hay algunas cajas de almacenamiento. Tres cuadros envueltos en sábanas de mudanza, incluido uno de un pequeño pájaro. Un pequeño maletín a prueba de incendios que está cerrado. Pruebo la llave de la unidad y se me escapa una risa aliviada de los labios cuando resulta que funciona.

Por esta vez en toda esta historia compleja, algo sale bien.

Abro la tapa y mi cuerpo reacciona al ver lo que está dentro antes que mi mente.

Lingotes de oro. Finos, lingotes de oro del tamaño de un iPhone. Muchos más de los seis que Sloane dijo que le reclamó el tipo de la mafia. De hecho, hay, cuento rápido, casi treinta. Lo que significa que el problema de cómo pagará Sloane la universidad también ha sido resuelto.

Si todavía está viva y puedo alcanzarla.

* * *

Sloane

Oh Dios, es hora de la tortura. Puede que alguna vez me haya considerado fuerte, pero ahora mismo me estoy haciendo pis encima.

—¡Espere! —Llamo a Don Salvatore. No sé si ese oro todavía existe en algún lugar al que pueda acceder o no, pero necesito tiempo. Y todavía tengo el dinero del Porsche que puedo ofrecerle.

—Tengo dinero para usted. Un pago de buena fe.

Quince mil. M-mi amigo lo tiene. Él puede traerlo. Déjeme llamarlo.

Está mal involucrar a Bo. Muy mal. Pero sin tan sólo puedo darle un mensaje, quizás él pueda llamar a la policía. Rastrearme y buscar algo de ayuda. ¿El rastreador funcionará cuando se apaga la función de ubicación? Ruego que lo haga.

Salvatore inclina la cabeza con el ceño fruncido. Dudo que me crea, pero es lo suficientemente codicioso como para escucharme. Saca mi teléfono y lo vuelve a encender. No debe tener más de un uno por ciento de batería.

—¿Contacto?

Me aclaro la garganta.

Maldición, ¿en serio quiero hacer esto? ¿Y si me matan a mí y luego buscan a Bo? Pero no veo cuál sería otra alternativa.

—Bo.

Salvatore marca el número y lo pone en altavoz, acerca el teléfono a mi rostro.

—*Sloane.* —La urgencia en la voz de Bo me dice que sabe que estoy secuestrada.

Casi lloro con alivio cuando escucho su tono fuerte y claro.

—Ey, Bo, —hablo rápido—. Recuerdas ese dinero, ¿e-ese dinero que tenía que le pertenecía a alguien más?

—Lo tengo.

Estoy momentáneamente sorprendida por su respuesta corta e inesperada. Como si supiera qué mentira acabo de decir con exactitud y cómo apoyarme.

—¿As-así es?

—Sí, tu tía guardó las cartas que te envió tu padre y lo resolvimos. ¿Dónde estás?

Mi mente se mueve demasiado lento como para

entender qué me dice. ¿Lo resolvió? ¿Dónde está el oro? No sé cómo es eso posible, pero la esperanza (esa peligrosa criatura con alas en mi pecho) empieza a intentar volar.

También me sorprende la calidad peligrosa de su voz. Recuerdo que usa el enojo para esconder el miedo, y no puedo evitar que caigan lágrimas de gratitud de mis ojos.

La sonrisa de Salvatore es de pura maldad. Saca el teléfono de altavoz y se aleja. —¿Dónde estás *tú?*

No puedo escuchar la respuesta de Bo más que un sonido acallado de tonos duros.

—2915 N. 45th. Hay un depósito allí. Encuéntrame en cuarenta minutos, —dice Salvatore. La satisfacción está escrita en su rostro.

¿Cuarenta minutos? ¿Bo está aquí? ¿En Michigan? Debe haber venido a buscar el oro. O a mí.

El tipo es más que un héroe. Es más que capaz. Más que algo que yo merezca o que pudiera pedir.

E hizo todo esto por mí.

Las lágrimas caen por mi rostro.

—Llama al ruso y recoge a la chica, —les dice Salvatore a Vinny y Tom—. Él ya pagó por ella.

—¡Espere! —El pánico me recorre—. ¿No me llevará con usted? ¿Para intercambiarme por el oro?

Él se marcha con otro grupo de hijos de puta vestidos de traje y apresurados. La puerta se cierra de un portazo.

¡Mierda!

Repito lo mismo como plegaria: *por favor no maten a Bo. Por favor no maten a Bo. Por favor que salgamos los dos de esto con vida.*

* * *

Bo

. . .

Me cuesta mucho no transformarme. Toda la adrenalina que invade mi torrente sanguíneo hace que mi lobo quiera salir y atacar algunas gargantas.

Pronto.

Pero tengo que mantenerme cuerdo por ahora. Tengo que tener a Sloane a salvo.

Pongo el cuadro y los lingotes de oro en mi mochila y empiezo a caminar enérgicamente al lugar de encuentro porque no tengo vehículo. Al principio, creo que es el mismo lugar donde se registró el teléfono de Sloane justo antes de apagarse, pero es a un kilómetro y medio.

No me permito pensar qué cosas podrían haberle hecho hasta ahora. Si lo hago, me transformaré y romperé mi ropa ahora mismo.

Encuentro el depósito, pero no hay nadie alrededor, así que me apoyo contra la pared fría de metal para esperar. Cinco minutos después, llega un Caddy tuneado. Las ventanas están polarizadas, es probable que sean a prueba de balas. No puedo ver si Sloane está adentro o no. Se abre la puerta trasera y sale un tipo mayor de traje. Dos tipos más salen a cubrirle las espaldas.

Fue difícil saberlo, cuando miré hacia adentro, pero juraría que no había nadie más dentro del coche. Me acerco más, intento olerla. Intento ver el interior.

Pero mi instinto me dice que no está allí.

¡Mierda! Sabía que debería haber ido a la última dirección donde aparecía en vez de a este estúpido punto de encuentro.

—¿Dónde está Sloane? —Exijo saber.

—Muéstrame los bienes.

Abro la mochila y le muestro los lingotes de oro y el

cuadro. Sus ojos cobran un brillo codicioso que debería haberme hecho saber su próximo movimiento, pero no estoy preocupado por él; estoy loco por Sloane.

—¿Dónde carajos está Sloane? —Exijo saber.

El mafioso saca un arma, me apunta al pecho y dispara. El impacto me deja boca arriba.

Es todo lo que puedo hacer para no transformarme, pero resisto la necesidad porque justo antes de que dispare, juraría por el destino, que escucho una de las charlas del entrenador rebotando en mi mente.

A veces, en una pelea, deben caer. Poner su ego en hielo y dejar que crean que son humano como ellos. Perder la batalla personal. Ganar por la manada.

Así que me quedo tirado donde caí, rezo que no se acerque y me apunte a la cabeza para terminar conmigo.

Uno de sus tipos se apresura a tomar mi mochila y luego se van. Así de rápido.

No se quedan a asegurarse de que esté muerto, ni a deshacerse de mi cuerpo, ni nada.

Gracias al cielo.

Cuento hasta cinco y luego me pongo de pie, me arranco la ropa y la meto detrás de un contenedor para transformarme. Necesito estar en forma de lobo para sanar más rápido y dejar de sangrar. Y poder llegar a esa otra dirección.

Por favor que ella todavía esté allí.

Por favor que todavía esté viva.

Ahora tengo cero esperanza de que la dejen ir porque tienen su mierda. Tengo que encontrarla.

Los lobos no deberían ser vistos en las ciudades a plena luz del día, pero no tengo tiempo de preocuparme por las reglas de la manada. Todo lo que puedo esperar es ser lo suficientemente rápido para que si alguien me ve, no esté seguro de lo que vio.

Cuando llego a la ubicación que memoricé, me recompensa su aroma.

Y luego la veo.

La está arrastrando a un coche en marca un tipo rubio con un arma en sus costillas. Hay una bolsa sobre su cabeza, pero está caminando sola, y tiene las manos atadas detrás de la espalda. No veo a nadie en el coche.

Así que un tipo. Y un arma.

Puedo con esto. Pero tengo que esperar hasta que aleje el arma de mi mujer. El idiota abre el baúl y la empuja al interior. Espero hasta que lo cierra y camina para ir al lado del conductor para dejar salir un gruñido.

Él mira hacia atrás y me ve; levanta el arma para apuntar, luego cambia de parecer y abre la puerta del coche.

Es demasiado tarde. Mi pata delantera cae sobre su hombro y lo tiro hacia atrás contra la puerta. El arma se cae al suelo. Tengo que contenerme para no matarlo, ese instinto tiene tanta fuerza que es difícil siquiera pensar con claridad. Pero sacar a Sloane de aquí es mi prioridad.

Y tengo un vehículo de escape que ya está en marcha y esperando. Así que hundo los dientes en su hombro y lo dejo tirado en el piso. Luego lo suelto, y me luzco gruñendo y arrancándole la ropa como si tuviera rabia para que se arrastre hacia atrás. Una seguidilla de malas palabras sale de su boca en un idioma que no entiendo. No es italiano. Quizá ruso.

Lo hago irse más hacia atrás, apoyándome en el miedo humano innato de los lobos para bloquear cualquier idea que tenga, y luego volteo y me tiro al asiento del conductor. Me transformo cuando aterrizo; mis dedos ya están estirados para cerrar la puerta, el pie en el acelerador. Bajo la cabeza para que no vea mi rostro o que nos dispare y salgo; rezo que no tenga tiempo de tomar el arma y dispararle al baúl antes de dar vuelta la esquina.

Paso por calles anchas industriales a ciento cincuenta kilómetros por hora. No veo que nos sigan, pero quiero esconder este coche y sacar a mi chica del maldito baúl.

Y buscar mi ropa.

Esa idea me hace tomar la próxima curva y volver al lugar donde me dispararon. Escondo el coche al costado del depósito y salto para salir.

—Sloane, —entono con firmeza, ni bien abro el baúl y salgo corriendo del coche.

—¿Bo? —Su voz dice que no puede creerlo.

Le saco la bolsa de la cabeza y corto las tiras alrededor de sus muñecas con uno de mis dientes.

—¡Oh por Dios! Escuché algo, ¡pero no sabía qué carajos pasaba! —Ella se esfuerza en salir y puedo verle la cara, que tiene un moretón del tamaño de New Hampshire en una mejilla.

Gruño y casi me transformo de nuevo, y ella se estremece.

—Perdón, —Niego fuerte con la cabeza, como si eso fuera a quitarme la agresión—. Tu rostro, mierda.

Ella pone los brazos alrededor de mi cuello con un abrazo estrangulador. Yo también la aprieto, levanto sus pies del suelo y entierro el rostro en su cabello.

—Bo.

—Está llorando.

La abrazo más fuerte.

Estoy locamente enamorada de ti. Sus palabras me hacen volar y llenan cada agujero y grieta dentro de mí. Ella me suelta.

—Te dispararon. Y tenemos que buscarte ropa.

—Aquí. —Tomo mi ropa de detrás del contenedor y me la pongo.

—Lo siento. Lo siento tanto por todo.

—Ella está llorando de nuevo.

Le limpio las lágrimas con el pulgar, con cuidado en el lugar que tiene el moretón.

—Está bien. Está bien, hermosa. Ahora eres mía.

Ella pestañea con esos ojos rojizos-marrones y se inclina hacia mí, apoya su cabeza despacio contra mi pecho. Es un gesto tan tierno. Una dulzura suave. Tan distinto a cómo hemos sido entre nosotros. Guardo este momento porque se siente como algo importante.

Es la primera vez que se ha entregado a mí realmente. Todo de sí.

Paso un brazo a su alrededor y la alejo del depósito. Del lugar en el que casi la pierdo.

—Vamos. Tengo que mostrarte algo.

* * *

Sloane

Es totalmente increíble. Bo y yo estamos parados de la mano frente al depósito EZ de mi antigua secundaria básica. Él me contó la parte fantástica de la historia en el camino. Don Salvatore tiene su dinero. No me tiene a mí, pero hasta donde sabe, alguien me secuestró en el baúl del coche después del ataque de un lobo. Ya me había vendido a un ruso de todos modos, así que no creo que vuelva a buscarme.

Pensamos que tenemos buenas chances de salir de esto relativamente ilesos.

—Tu papá te escribió para decirte que si algo pasada,

215

revisaras la unidad de almacenamiento que está aquí. —Bo sostiene mi anillo de llave, el que tiene la lleva del candado de mi bici—. La llave estaba aquí.

Niego con la cabeza.

—Dios. No tenía idea.

Él sonríe.

—Sí. ¿Quieres ver qué más hay aquí?

Las comisuras de su labio se levantan cuando ve mi emoción.

—Definitivamente.

Bo abre la unidad.

—Puso esto a tu nombre, sólo que mal escrito, así los federales nunca encontrarían estos bienes. Un hombre inteligente.

Me late fuerte el corazón. Supongo que allí habrá más dinero a juzgar por la emoción de Bo por mostrarme.

—¿Qué hay aquí? —Reboto sobre la parte curva de mis pies como una niña. No recuerdo la última vez que me emocionó tanto algo. No desde que mi papá fue a la cárcel. Pero ahora todo está expuesto. La vieja Sloane ha sido expuesta de tantas formas, y dolió muchísimo, pero ahora hay espacio. Espacio para que emerja mi nueva yo. Quien sea que sea.

Bo me muestra lo que encontró. Un par de cuadros más y una caja llena de lingotes de oro. Dos docenas. Mi respiración se vuelve una risa histérica.

—Entonces eso es como... ¿un millón y medio de dólares?

—Sí. Parece que sí está paga tu universidad, después de todo.

Me cubro la boca con la mano.

—Oh por dios. —Mi cabeza da vueltas.

Pero mi papá era un criminal. Estafó gente. Maldición, no puedo quedármelo.

Bo me choca con su cadera.

—Puedes quedártelo, maldita sea, —dice como si me leyera la mente—. Parte de su dinero tiene que ser legítimo. Al menos deberías haber cobrado su seguro de vida, considerando que es probable que no se haya suicidado en la cárcel.

—Bueno, claro que puedo pensarlo, —respondo—. ¿Qué hacemos ahora?

Bo sonríe.

—No tengo idea. Puede que quieras robarnos un coche para regresar a casa porque me tomé un vuelo de ida para venir y no tengo vehículo. O tal vez podríamos vender uno de esos y comprarte un coche. Sí, hagamos eso.

Me tiro sobre él de nuevo porque todo es tan fantástico y divertido. Todas las posibilidades se abren. Él me sostiene cerca y presiono mi mejilla contra su pecho, escucho el sonido regular del latido de su corazón.

—¿Bo? ¿No me borrarás la mente, verdad?

Él me sostiene con más fuerza.

—Claro que no. Eres mía. Te marcaré si tengo que probárselos. Nadie te volverá a alejar de mí.

No tengo idea de qué significa eso, pero confío en Bo.

Si dice algo, es real.

Se quedará conmigo.

Es una sensación tan extraña y ajena. Toda mi vida me sentí como una imposición. Pedí disculpas por existir.

Pero ahora me han reclamado.

Bo me desea. Se quedará conmigo.

Y por mucho que quiera alejarlo, por mucho miedo que haya tenido en dejar que alguien pase mis defensas, ya no puedo resistirme a él. Nunca más.

Porque él también es mío.
Mi chico lobo. Mi héroe. Mi caballero.

Epílogo

B*o*

La multitud en el estacionamiento después del juego se abre para mí y los otros alfa-diotas. Acabamos de destrozar a Cave Hills y estoy buscando a Sloane. La vi antes en las gradas, mirándome, pero no la he tocado en días. No desde que volvimos de Michigan y tengo tanto hambre de ella como un famélico.

—Ey, Bo, —dice Austin—. ¿Irás conmigo a la meseta?

—Em, no, estoy bien.

No creo ir a la meseta. Ni siquiera le he presentado a Sloane a los animales de la secundaria Wolf Ridge. Y no estoy seguro de estar listo. Porque si alguien la trata mal (y es posible que lo hagan porque es de Cave Hills), los mataré, maldición. Y tampoco les he dicho a mis amigos que sabe lo que somos. Ese es un problema con el que todavía tengo que lidiar, aunque el alfa se enteró de que Bailey, la novia de Cole, lo sabe y no le han borrado la mente. Por supuesto que ella vive en Wolf Ridge, y su mamá trabaja en la cervecería. Quizá piensen que como es parte de la comunidad, está bien. O quizá le borren la mente cuando se gradúe, no lo sé.

El hermanito de Austin, Abe, se acerca y mira en dirección al grupo de chicas que incluye a Bailey.

—Iré contigo.

Austin se mofa.

—Claro que no. Estar en la meseta es para los chicos populares. Los alfa-diotas de último año o quien sea que ellos quieran que esté en su presencia. Y no suelen ser de primero, aunque jueguen al fútbol.

Supongo que el interés repentino y atrevido de Abe está relacionado con la otra chica de primero que se ha estado juntando con nuestro grupo porque vino en conjunto con Bailey, la enana, Rayne. La transformista que no puede transformarse.

Ah.

No habría esperado eso. Nadie nunca le prestó atención a esa chica. Qué gracioso como alguien nuevo puede cambiarle el estatus a otro de la noche a la mañana.

—¿A quién buscas? ¿A sesenta segundos? —Pregunta Cole, notando mi distracción.

—Cállate. No la llames así.

—¿Está aquí? —Él sigue la línea de mi visión cuando la sorpresa del reconocimiento me recorre. Es imposible no verla: su hermosa cabeza está por encima del resto de la multitud de Cave Hills.

—Los veo después, chicos. —Me voy a buscarla.

La veo esperando junto a su vehículo. Se compró un BMW convertible porque a la chica sí le gustan los buenos coches. Intercambiamos un lingote de oro en una venta privada de Craiglist con un tipo y volvemos a Arizona con el techo bajo y la radio a todo volumen.

Eso fue hace tres días.

Tres días desde que puse las manos sobre su cuerpo sabroso.

Tres días desde que la vi en persona.

Aunque me ha estado escribiendo sin parar. Nos escribimos hasta tarde cada noche desde que regresamos. Hay tanto que descubrir. Que saber de ella.

Pero igual tengo presente lo de borrarle la mente, y tengo que pensar qué hacer.

Ignoré las llamadas de Garrett hasta que me amenazó con llamar a su papá, el Alfa Green, si no sabía nada de mí. Así que lo llamé y le dije que se fuera a la mierda.

Pero de mejor modo porque sí quiero conservar mis bolas.

—Márcala o bórrale la mente, esas son tus dos opciones, —ordenó—. No permitiré que una chica cualquiera de Cave Hills exponga ambas manadas.

Así que ahora tengo unos largos kilómetros de pensar bien si la marcaré, lo que es como casarse para un lobo. Sólo que más. Porque una vez que un lobo marca a su pareja, es imposible dejarla. Y estoy totalmente comprometido. Sólo que tengo que asegurarme de que ella también lo esté.

—Ey, Piernas, —le digo y la pongo contra el Beamer con mis caderas, mis brazos la atrapan a cada lado.

Ella pasa los brazos alrededor de mi cuello y me sonríe. Siento cada megavatio de esa sonrisa en mi pecho. Ella irradia alegría. Apertura. Conexión. Pensé que era hermosa antes, y eso fue cuando sus murallas estaban levantadas. Cuando proyectaba ser la princesa de Cave Hills. Ahora no es nada menos que espectacular. Como una maldita diosa.

Y es toda mía.

Al menos quiero que lo sea.

—Buen juego, Músculos, —ronronea—. Entonces, dime algo. ¿Ustedes tienen que fingir dejar caer la pelota o que los tacleen a veces, sólo para que luzca real?

—Shh. —Exagero mirar para todos lados y sonrío—. Sí.

El juego para nosotros es ver qué tan emocionante podemos hacer que sea antes de perder. O ganar.

—Mmm, divertido. —Ella aprieta mis bíceps y me mira con ganas de llevarme a su habitación.

—Dios, Sloane. Si sigues mirándome así, te lo haré justo contra este coche, —gruño.

—¿Ese es el plan para esta noche? Puede que todavía tengas que entrar por la ventana. Aunque la tía Jen te ama. También eres su héroe.

Mi cadera se mueve contra ella y frota mi erección latiente contra su vientre.

—Deja de ponerme tan duro. En realidad, tenemos que hablar.

Ella levanta las cejas.

—¿Sí?

—Sí, vamos a conducir por ahí. —Abro el lado del pasajero.

Sus labios forman una sonrisa burlona.

—¿Y supongo que tú quieres conducir?

Sonrío y me inclino para un beso lento.

—Siempre. —Le quito las llaves de la mano mientras nos besamos.

—¿Adónde vamos?

—Sólo conduzcamos. —Salgo del lío de tráfico y termino siguiendo la llamada de mi lobo de subir la montaña. La desea tanto que ya estoy listo para marcarla. Salgo antes de llegar a la meseta, donde a los chicos de Wolf Ridge les gusta hacer fogones y beber cerveza los fines de semana. Luego apago el coche.

—¿Esta es tu versión de Blueberry Hill?

—Tal vez. Escucha, es sobre lo que sabes. Lo que me ordenaron que hiciera.

Ella se tensa.

—No puedes borrarme la memoria, Bo.

Tomo su mano y me la llevo al pecho.

—No quiero. No lo haré. Pero sucede algo. —Hago una pausa y me doy cuenta de que me late fuerte el corazón. ¿Ella lo siente? Respiro profundo—. Los lobos reclaman a sus parejas. Para toda la vida. Es algo biológico, una mordida que marca nuestra piel con nuestro aroma para alejar a otros hombres. Si te marco, sabrán que eres fiable.

Sloane se queda muy callada. Apenas respira.

—¿Entonces quieres morderme?

Me río de pronto, se alivia la tensión.

—Te *morderé*, sí. —Lo digo como si no tuviera elección, pero por supuesto que no la reclamaría si no estuviera de acuerdo—. Y eso significa que eres mía. Por siempre. Porque te amo, Sloane. Eres la maldita tierra y la luna y las estrellas para mí. Y me moriría antes de dejarte ir. Incluso sin mordida de apareamiento. —Siento la sal de las lágrimas antes de darme cuenta de que está llorando—. ¿Sloane? — Me preocupo un poco. Carajo. Si no quiere esto, encontraremos otra forma.

—Yo también te amo, —dice ahogada—. Eres mucho más de lo que pude esperar o querer en un amigo, novio, amante, lo que sea. Y lo que más me asusta es perderte. Así que claro que sí. Quiero que me muerdas.

Estoy encima de ella en un segundo. El maldito coche es demasiado pequeño para mí, pero me lanzo encima de la consola central y reclamo su boca, lamo entre sus labios, la bebo. Sólo saber que consintió hace que bajen mis caninos, el suero para marcarla ya cae dulce sobre mi lengua.

No puedo perder el control. Necesito pensar cómo hacerlo sin matarla, porque las mordidas de reclamo suelen ser profundas y cerca de la yugular.

—Quédate aquí, —gruño y abro la puerta, voy de su

lado. Me arrodillo frente a su puerta abierta y pongo la cabeza entre sus rodillas—. Baja esos vaqueros, hermosa. Tengo que entrar.

Ella se quita los vaqueros y las bragas, envuelve esas piernas largas y hermosas alrededor de mis hombros mientras la lamo con el fervor de un fanático. Son un fanático dedicado a darle placer a mi mujer. La pongo loca; mi miembro hinchado queda atrapado todo el tiempo contra mi bragueta, duele y quiere ser liberado. Pero no lo dejaré salir. No hasta que me haya encargado de la mordida. Tengo que controlarme.

Le meto un dedo; mi pulgar frota su clítoris mientras busco su punto G.

Cuando lo encuentro, ella grita y me tira del cabello.

—Acaba para mí, Piernas, —gruño y paso los labios por su muslo hacia el área final: el costado carnoso de su trasero, donde no se verán las cicatrices, y no la pondré en peligro. Meto otro dedo y se lo hago con ellos, toco la carne levantada de su punto G una y otra vez hasta que ella gira y se retuerce y grita su descarga; su vagina se aprieta y chorrea alrededor de mis dedos.

Y luego hundo los dientes en ella.

Mi lobo ruge con placer. De algún modo logro no acabar en los pantalones mientras sigo haciéndoselo y saco los dientes de su carne para lamer las heridas y que sanen más rápido.

—¿Estás bien, hermosa? Dime que estás bien. —El aroma a su sangre enloquece a mi lobo, aunque es el que le hizo esto, maldición. Estoy frenético, listo para matar por ella. Listo para hacerlo. Listo para poner mis bolas a su disposición por el resto de mi vida.

Ella jadea; sus dedos finos siguen envueltos en mi cabello.

—Estoy bien. Está bien.

Dejo besos por su pierna.

—Lamento haberte lastimado.

—No lo estoy. Me gustó mucho.

—Te compraré un anillo. O lo que sea que quieras como humana, —prometo, aunque el único dinero que tengo es lo que me queda de la pelea. Puedo volver a pelear. Seré su proveedor si no quiere usar el resto del oro.

Su risa es rasposa y baja.

—No necesito un anillo, Bo Fenton. Una mordida es mucho mejor. Tengo un lobo.

La forma en la que dice *lobo* lo hace sonar como si fuera una criatura exótica y alocada. Que, supongo que para ella, lo soy.

Salgo lento y pongo una gran curita cuadrada de la caja que compré en preparación; luego muy gentilmente la ayudo a volver a ponerse las bragas y los vaqueros. Quiero hacérselo, pero esperaré. Marcarla me calmó mucho, así que puedo esperar a que sane. O hasta meterme por la ventana de su habitación después de dejarla en su casa.

—¿Adónde van todos esos coches? —Pregunta Sloane cuando pasan otras luces por la curva.

—A la meseta. ¿Quieres conocer al grupo? ¿A los otros alfa-diotas y a nuestra realeza? Nadie se meterá con ella ahora que la he marcado. Habrá muchos chismes, pero aprenderán a tratarla como la reina que es.

Ella me sonríe de una forma que me detiene el corazón.

—Definitivamente. Lo que sea contigo.

Lo que sea contigo.

Sí. Eso es un buen resumen. Tenemos toda la vida por delante, juntos. No puede ser mejor que eso.

Me acerco y besos sus labios.

—Te amo, Piernas.

Ella emite un sonido feliz.

—Y yo te amo a ti, Músculos.

Me río y cierro la puerta y doy la vuelta para llevarla a conocer a mis amigos.

Libro Gratis de Renee Rose

Quiere un libro gratis de Renee Rose? Suscríbete a mi newsletter para recibir **Padre de la mafia** y otro contenido especialmente bonificado y noticias de nuevos. https://BookHip.com/NCVKLK

Otros Libros de Renee Rose

Hombres lobo de Wall Street

Un Gran Jefe Malvado: Medianoche

Un Gran Jefe Malvado: Lunático

Un Gran Jefe Malvado: Marcada

Un Gran Jefe Malvado: Su pareja

Osos malvados

El reclamo del alfa

Vegas Clandestina

Rey de diamantes

Padre de la mafia

Sota de picas

As de corazones

El comodín del Loco

Su reina de tréboles

La mano del muerto

El comodín

Rancho Wolf

Áspero

Salvaje

Feroz

Rudo

Indomable

Implacable

Instintivo

Dos Marcas

Rebelde - GRATIS

Tentada

Deseada

Seducida

Alfas peligrosos

La tentación del alfa

El peligro del alfa

El premio del alfa

El reto del alfa

La obsesión del alfa

El deseo del alfa

La guerra del alfa

La misión del alfa

El tormento del alfa

El secreto de alfa

La presa del alfa

La sangre del alfa

El sol del alfa

La luna del alfa

El juramento del alfa

La venganza del alfa

El fuego del alfa

El rescate del alfa

Alfa de Montaña

Héroe

Rebelde

Guerrero

Secundaria Wolf Ridge

Alfa Bravucón

El caballero alfa

Conoce a la autora

RENÉE ROSE, LA AUTORA BESTSELLER EN USA TODAY, ama los héroes dominantes, ¡los machos alfa que saben hablar sucio! Ha vendido más de un millón de copias de tórridas novelas románticas con diferentes niveles de sexo no convencional. Sus libros han sido presentados en el Happily Ever After de USA Today y en Popsugar. Nombrada en el Eroticon de los Estados Unidos como la Próxima Autora Erótica Top en 2013, ha ganado también como Autora Preferida en Ciencia Ficción y Antología Valiente y Atrevida y con la mejor novela romántica histórica en The Romance Reviews. Figuró catorce veces en la lista de USA Today con su serie Rancho Wolf y varias antologías.

**Suscríbete a mi newsletter para recibir contenido especialmente bonificado y noticias de nuevos lanzamientos en Español.

https://www.subscribepage.com/reneerose_es

 facebook.com/reneeroseromance

 x.com/reneeroseauthor

 instagram.com/reneeroseromance